나 홀로
아씨게 플레이어

나 홀로 이세계 플레이어 4권

초판1쇄 펴냄 | 2020년 07월 16일

지은이 | 위대한폭군
발행인 | 성열관

펴낸곳 | 어울림 출판사
출판등록 / 2009년 1월 23일 제 2015-000062호
주소 / 경기도 고양시 일산동구 무궁화로 43-55, 801호 (장항동, 성우사카르타워)
TEL / 031-919-0122
FAX / 031-919-0127
E-mail / 5ullim@hanmail.net

ⓒ2020 위대한폭군
값 8,000원

ISBN 978-89-992-6687-4 (04810)
ISBN 978-89-992-6504-4 (SET)

4

나 홀로
이세계 플레이어

위대한폭군 퓨전판타지 장편소설

목차

늘대 부족   6

월명(月明)의 기사   19

하르스마이어의 수하들   33

그들의 계획   47

네가 필요하다   59

형제의 사연   72

블레이드 아라카인   83

유운량의 진가   96

본격적인 계획   108

습격   120

곰의 정원   134

정원의 수호자   150

생각지 못한 행운   163

헤이나의 노력   177

어둠의 정령술사   190

발사믹의 함정   203

세키라드의 귀환   215

곰 부족의 몰락   227

헤이나의 고민   239

강한 동료   251

해양도시 디라키온   263

후밀리스   275

늑대 부족

늑대가죽으로 얼굴을 반쯤 가린 산악 민족은 조용히 칼라반을 응시했다.

칼라반은 그가 어떤 움직임을 보일지 몰라 잔뜩 긴장한 상태였다.

전투력 52만.

이 수치가 절대적으로 모든 것을 나타내는 것은 아니었지만 쉽게 무시할 수 있는 수치도 아니었다.

단언컨대 이곳에 있는 이들 중 가장 강한 상대임은 틀림없었다.

"흐음……."

상대도 칼라반을 의식한 것인지 다른 움직임은 보이질 않았다. 칼라반의 시선이 그 뒤편으로 향했다.

곰 가죽을 뒤집어 쓴 산악 민족과 다르게 늑대 가죽을 뒤집어 쓴 산악 민족들은 필요한 행동들만 최소한으로 취하고 있었다.

그들은 곁에 있는 영지민들에게 위협만 가할 뿐, 직접적으로 손을 대진 않았다.

뿐만 아니라 곰 가죽을 뒤집어 쓴 자들과는 사이가 좋지 않은 것인지, 그들이 기아스 군을 상대하고 있음에도 이렇다 할 도움을 줄 생각도 없어보였다.

"부족이 다른 건가."

칼라반의 말을 알아듣기라도 한 것인지 눈앞에 있던 산악 민족이 반응했다.

다만 한 가지 칼라반의 눈에 이상하게 비춰졌던 것은 마치 곰 가죽을 뒤집어 쓴 산악 민족이 늑대 가죽을 뒤집어 쓴 산악 민족을 감시하는 느낌이었던 것이다.

늑대 가죽을 뒤집어 쓴 산악 민족들이 더 강한 힘을 지녔음에도 그들의 눈치를 살피고 있었다.

칼라반이 슬쩍 기아스 군 쪽으로 발걸음을 돌렸다.

혹시나 눈앞에 있는 자가 별다른 움직임을 보이는 것은 아닐까 걱정했는데 다행히 그도 칼라반에게서 몸을 돌리고 있었다.

보아하니 칼라반이나 다른 이들이 자신의 부족을 건드

리는 것을 막기 위해 다가왔던 것 같았다.

"후우… 살벌하군요…….."

제르단이 어느새 칼라반의 가까이로 다가와 한숨을 내쉬었다.

그도 조금 전 산악 민족이 만만치 않은 상대임을 본능적으로 눈치챈 모양이었다.

"늑대 가죽을 뒤집어 쓴 산악 민족만 건드리지 않는다면 저 자를 적으로 돌릴 일은 없을 것 같다."

"예? 하지만 저들은…….."

"영지민들을 무참히 죽이고 있는 것은 곰 가죽을 뒤집어 쓴 산악 민족들이다. 조금만 지켜봐도 알겠지만 늑대 가죽을 쓰고 있는 산악 민족들은 영지민들을 일절 건드리지 않고 있다. 마치 미리 명령을 받은 것처럼 말이야."

칼라반의 말에 제르단도 그때서야 상황을 파악하기 시작했다.

그의 말대로 정말 늑대 가죽을 쓴 산악 민족들은 필요한 것들을 옮기는데 주력했다. 전투보다는 짐꾼으로 온 것 같은 느낌이었다.

곳곳에 미처 자리를 피하지 못한 영지민들이 발견되어도 못 본 척 지나가기 일쑤였다.

"그러니 우리도 굳이 저들을 건드릴 필요가 없다. 그러나 문제는…….."

칼라반의 시선이 곰 가죽을 쓴 산악 민족들에게로 향했다.

그들은 마치 도적떼처럼 눈앞에 보이는 영지민들은 닥치는 대로 죽이며 약탈을 가하고 있었다.

그들을 막아서기 위해 왔던 기아스 군이 오히려 산악 민족들에게 밀리는 형국이었다.

"크학─!"

곰 가죽을 뒤집어 쓴 우람한 체격의 사내에게 일격을 허용한 기아스가 바닥을 뒹굴었다.

그는 잽싸게 몸을 일으켜 다시 검을 겨누었다.

"그저 무식한 놈들인 줄로만 알았더니 제법이구나…! 하지만 나 기아스가 있는 한 너희들은 이곳에서 살아 돌아갈 수 없다!!"

그가 눈에 불을 켜며 눈앞의 사내를 노려보았다. 그러자 곰 가죽을 쓴 사내가 크게 웃으며 그를 비웃었다.

"크하하!! 웃긴다. 웃긴다 이 제국놈. 약한 주제에. 입만 살았다."

어눌하긴 하지만 알아들을 수 있는 제국어였다.

그의 웃음에 다른 산악 민족들도 함께 웃음을 터트렸다. 조롱 섞인 그들의 웃음소리가 전장을 가득 메웠다.

"뭐가 그리 웃긴 거냐, 이 개자식들……!"

"크윽… 젠장… 이 자식들 생각보다 강하잖아……!"

"으으……."

병사들과 기사들의 앓는 소리가 여기저기서 들려왔다.

마음 같아선 자신들을 비웃고 있는 저 산악 민족들을 모두 베어버리고 싶었지만 생각만큼 쉽지 않았다.

심지어 곰 부족은 놀라운 근력을 드러내며 기아스 군을 밀어붙이고 있었다.

동물의 가죽을 아무렇게나 입고 있는 산악 민족과 다르게 단단한 갑옷까지 걸친 기아스 군이건만, 그러한 것들이 무색할 정도로 속수무책으로 당하고 있는 중이었다.

"뭣들 하고 있는 거야! 전열을 정비해라!! 오른편에서 오는 녀석들을 상대해!! 그리고 너희! 그렇게 뒤로 물러나면 그쪽의 방어선이 비어버리잖아!! 제길… 쓸모없는 녀석들…! 검투사 군단을 데려왔어야 했나!!"

뒤늦게 상황을 파악한 기아스가 그들을 향해 다급한 명령을 내렸으나 이미 진형은 붕괴되어버린 뒤였다.

그들은 막상 마주하게 된 산악 민족들의 힘 앞에서 점차 공포를 맛보고 있었다.

게다가 마냥 미개한 자들이라 무시했던 것과 다르게 산악 민족들은 개개인의 전투 센스가 뛰어난 편이었다.

그들은 본능적으로 움직이는 듯 보였지만, 그것이 곧 전술이 되어가는 특이한 형태를 취하고 있었다.

"넌. 나랑 놀자."

그때 우람한 체격의 사내가 기아스의 앞을 막아섰다.

그는 기아스를 바라보며 미소를 보이고 있었다.

"내 이름. 우라쿠. 곰 부족이다. 너 죽이고. 왕께 사랑받는다."

"개소리 하지마라!!"

기아스는 자신을 막아선 우라쿠를 향해 힘껏 검을 휘둘렀다.

그러나 그의 검은 우라쿠에게 닿지 못했다. 연신 휘둘러봐도 마찬가지였다.

우라쿠는 마치 이 상황을 즐기듯 여유롭게 기아스의 검을 피해내고 있었다.

그 모습에 기아스는 더욱 울분이 치밀었다.

"이 자식…! 그래, 지금부터는 최선을 다해 상대해주겠어!! 병사까지 신경 쓰느라 제대로 상대해주지 못했더니 아주 날 만만하게 보고 있네."

기아스는 그동안 연마해온 검술을 마음껏 펼치기 시작했다.

그가 거친 기세를 보이며 우라쿠를 몰아붙이는 상황을 보이자 기아스 군도 힘을 내기 시작했다.

슈각—!

마침내 기아스의 검이 우라쿠의 가슴팍을 베고 지나갔다.

이에 기아스가 회심의 미소를 지어보였다.

"봤냐? 너 따위는 내 상대가……."

그가 자신만만해 하는 얼굴을 보이며 한 마디 하려는 때, 큼지막한 주먹이 그의 코앞까지 다가왔다.

파앙!!

우라쿠의 주먹이 기아스의 안면부를 때렸다.

"크헉……!"

생각지도 못한 일격에 기아스가 비명을 토해내며 뒤로 넘어지고 말았다.

"너. 죽인다."

자신의 몸에 상처가 나자 우라쿠의 분위기가 바뀌고 말았다. 그의 눈빛은 맹수의 눈빛처럼 사나워져 있었다.

살기를 머금은 우라쿠가 기아스를 죽이기 위해 달려들었다. 그 눈빛을 본 기아스는 자신도 모르게 몸을 부르르 떨고 말았다.

"영주님!! 피하십시오!"

"영주님을 지켜라!!"

잔뜩 성난 우라쿠를 막기 위해 쓰러진 기아스의 앞으로 병사들과 기사들이 몰려들었다.

그러나 그들은 우라쿠와 산악 민족들의 상대가 되지 못했다.

콰직!!

스각! 콰지직!!

산악 민족들은 병사들과 기사들을 압도적으로 무너트

리며 기아스를 향해 돌진했다.

 그나마 진형을 갖추고 산악 민족들을 상대했다면 상황
이 훨씬 나았겠지만, 이미 그것은 기대하기 어려운 상황
이었다.

 "으아아아─!!"

 심지어 목숨에 위협을 느낀 기아스가 겁을 집어먹으며
등을 보이기까지 했다.

 지휘관인 그가 등을 돌려버리자 기아스 군도 오합지졸
이나 다름없게 되어버리고 말았다. 그들 역시도 지켜보
기 민망할 정도로 산악 민족들로부터 패주하고 말았다.

 기아스 군이 퇴각하기 시작하니 곰 가죽을 쓴 산악 민
족들이 더욱 날뛰기 시작했다. 그들은 기아스 군을 쫓
으면서도 한편으로는 본격적으로 영지민들을 약탈해갔
다.

 "최악이로군⋯⋯."

 이 모든 상황을 지켜보던 칼라반이 나직한 목소리로 말
했다.

 그나마 한줄기 기대를 걸었던 것마저 무너져 내려 버린
느낌이었다.

 "주군께선 어찌 하실 생각이십니까? 만약 이 일이 정
말로 하르스마이어라는 블레이드와 관련이 있는 것이라
면⋯ 이번 일에 나서게 되는 순간 다른 이들로부터의 시
선을 피하는 것은 어렵게 될 것입니다."

"그래. 우선 조용히 충분한 힘을 키우고 그 후에 움직임을 갖으려는 것이 내 계획이지."

"그랬지요."

"하지만 이제부턴 계획을 바꿀 생각이다. 운량."

칼라반이 검을 집어 들었다.

그가 먼저 발걸음을 떼니 제르단이 화들짝 놀라 칼라반의 곁으로 달려왔다.

"지금 뭐 하시는 겁니까? 이 일에 하르스마이어 블레이드님이 관련되어 있을 수도 있다니까요! 만약 여기서 산악 민족들을 상대하며 기아스 영주를 돕는다면 하르스마이어님에게 찍힐 수도 있습니다……!"

"상관없다. 내가 라그나로크에 들어간 것은 우선 몸을 숨기기 위함이 컸지, 그들의 뜻에 무조건적으로 동의한다는 것은 아니었다. 만약 라그나로크가 원하는 것이……."

칼라반이 말을 이어가려는 때 누군가 엄청난 속도로 그들을 향해 달려들고 있었다.

가장 먼저 눈치 챈 칼라반이 운량과 제르단을 뒤로 하고 앞으로 섰다.

"피해라!"

파쾅!!

칼라반이 검을 드는 속도가 조금이라도 늦었다면 차가운 칼날이 목을 파고들 뻔했다.

그들을 향해 달려든 이는 다름 아닌 조금 전 늑대 가죽을 뒤집어 쓴 산악 민족인이었다.

"라그나로크와 블레이드…! 너희들은 결코 용서할 수 없다…….."

"여인?"

커다란 늑대 가죽을 뒤집어 쓴 탓에 정확히 알 수 없었는데 들려오는 목소리는 분명 여인의 것이 분명했다.

칼라반의 시선에 살기 가득한 그녀의 눈이 들어왔다.

그녀는 금방이라도 칼라반을 죽일 것처럼 분노에 물들어 있었다.

"너희들 때문에 내 오라버니가…! 결코 용서할 수 없어!"

파카앙!!

카라랑!!!

그녀의 검은 빠른 속도로 칼라반을 쫓았다. 마치 칼라반의 모든 것들을 물어뜯으려는 것처럼 그녀의 검은 날카롭고 거칠었다.

속도도 워낙 빠른데다 실려 있는 힘도 만만치 않아 칼라반으로서도 그녀의 검을 막아내는 것이 쉽지 않아보였다.

그러나 그 또한 그동안 몬스터들을 상대로 숱한 실전 경험을 늘려왔었다. 칼라반은 반격을 가하기 위해 내기를 끌어올렸다.

"갑자기 무슨 이유로 이러는 건지는 모르겠다만, 가만히 당해줄 생각은 없다."

칼라반의 검에 검기가 흘러나왔다.

상대가 강하다는 것은 이미 잘 알고 있었기에 처음부터 전력을 다할 생각이었다.

[수라월령보 스킬을 발동합니다.]

칼라반의 움직임이 한순간에 달라지기 시작했다.

이어 그의 검이 잔상만 남길 정도로 빠르게 움직였다.

[비류잔월검 스킬을 사용했습니다.]

콰가강—!!

콰랑!! 콰라랑!!!

폭발적으로 몰아치는 쾌검에도 여인은 능숙하게 검을 피해내거나 최소한의 방어를 해내고 있었다.

그녀의 움직임에 칼라반도 두 눈을 부릅떴다.

제 아무리 검기를 쏟아낸다 해도 상대의 몸에 닿지 못하면 그저 무용지물에 불과했다. 예측할 수 없는 그녀의 움직임 때문에 칼라반의 검은 허공을 휘젓고 있었다.

반면 상대는 차분한 시선으로 칼라반의 빈틈을 찾았다.

쉬릭—!

스각!!

그녀의 검이 빠르게 움직이자마자 칼라반의 팔뚝에 상처가 생겨나고 말았다.

"……!"

분명 검 끝을 완전히 피해냈다 생각했는데 팔뚝에 상처가 생겼다. 본능적으로 팔을 뒤로 빼지 않았더라면 꼼짝없이 잘려나갈 뻔한 것이다.

그뿐만이 아니었다.

[상태 이상이 감지되었습니다.]

[만독지체 스킬이 발동되어 독을 해독합니다.]

이어지는 메시지에 칼라반은 그녀의 검 끝을 살폈다.

푸른색과 녹빛이 묘하게 반들거리고 있었다.

"독을 발라놓은 건가……."

다행히 칼라반의 몸에 영향을 미칠 정도로 강한 독은 아니었다.

만독지체 스킬 덕분에 몸 안으로 스며든 독은 곧바로 해독되어지고 있었다.

치익……!

칼라반의 상처에서 떨어진 한 방울의 독이 땅에 떨어지자 곧바로 산화해버리고 말았다.

이를 본 여인도 눈빛을 달리했다.

방금 칼라반의 몸에서 떨어진 물방울이 독임을 확인했던 것이다.

"독이 통하지 않아……?"

월명(月明)의 기사

다시금 칼라반과 여인이 대치하고 섰다.

그녀가 싸우기 시작하자 늑대 가죽을 쓴 산악 민족들도 서서히 몰려들기 시작했다.

"이게 어떻게 된 일인지……."

난데없이 늑대 가죽을 쓴 여인이 달려들었고 칼라반을 공격했다.

그러나 더더욱 믿기 어려운 것은 칼라반이 보여준 실력이었다. 제르단은 설마하니 칼라반이 이런 실력을 감추고 있을 거란 생각은 단 한 번도 해보질 못했다.

당황한 그가 멍하니 서 있을 때 유운량이 그의 어깨에

손을 가져갔다.

"이러고 있을 때가 아닙니다. 저 두 사람의 싸움에 끼어들긴 어렵더라도… 다른 자들이 방해하진 못하도록 만들 순 있지 않겠습니까?"

"아……."

유운량의 말에 제르단이 그때서야 무언가를 깨달은 듯 허리춤에 검을 가져갔다.

두 사람이 앞으로 나서려 하자 칼라반이 먼저 입을 열었다.

"운량."

"예, 말씀하십시오."

"저들을 죽이지 않고 몰아낼 수 있겠나?"

"물론입니다."

유운량은 칼라반의 말뜻이 무엇인지 대번에 알아차렸다.

그는 천천히 파초선을 들어올렸다.

"이…이봐요. 이 상황에서 그런 부채를 들어서 뭘 하겠다고……."

"후훗. 주군께서 저들을 죽이지 말고 몰아내라 하셨으니… 지금부터 그렇게 할 생각입니다."

유운량이 힘껏 파초선을 부쳤다.

슈파아앙―!!!

파초선이 허공을 격하자 거센 강풍이 일어나 산악 민족

들을 덮쳤다.

 그들은 엄청난 강풍에서 버티기 위해 주변에 보이는 것들을 닥치는 대로 붙잡았다.

 그러나 미처 붙잡지 못한 이들은 허공에 몸이 날아가 버리고 말았다.

 "마…말도 안 돼… 단지 저 깃털 같은 걸 한 번 휘둘렀을 뿐인데… 사람이 저렇게 멀리 날아간다고…? 당신, 아까 전에도 그렇고, 혹시 마법사였습니까?"

 "글쎄요. 저는 그저 평범한 사람일 뿐입니다만…….

 유운량은 나직하게 웃으며 말했다.

 아직 날아가지 않은 산악 민족들이 그를 향해 달려들기 시작했다.

 "그렇다면 한 번 더."

 파앙—!

 후와아앙—!!!!

 유운량이 파초선을 한 번 더 부치니 그 자리에서 다시 강풍이 일어나기 시작했다. 강풍에 휩쓸린 산악 민족들은 그대로 멀리 날아가 버리고 말았다.

 그 모습을 본 칼라반이 자신의 턱을 긁적였다.

 "이제보니… 터무니없는 물건이었군."

 파초선의 위력이 엄청나다는 것을 여실히 알 수 있는 장면이었다.

 그 순간.

유운량의 존재가 거슬리다 판단된 여인이 섬전과도 같이 몸을 움직였다.

"어딜!"

칼라반이 대지를 박차며 여인을 따라잡았다.

여인의 속도는 경공 스킬을 펼친 칼라반과 맞먹는 정도였다. 간신히 그녀를 따라잡은 칼라반이 검기를 날렸다.

파콰강!!

콰랑!!

검기가 지면을 때리며 여인을 막아섰다.

"……!"

계속해서 날아오는 검기 탓에 여인은 더 이상 유운량에게로 접근할 수 없었다.

그녀는 다시 생각을 바꾸었다.

어쨌거나 저 사내는 바람을 일으켜 자신의 부족원들을 멀리 날려 보내고만 있었다. 어디까지 날아가는 것인지는 모르겠지만 그들의 목숨이 위험할 정도는 아니라 판단되었다.

그렇다면 눈앞에 성가신 검사부터 죽이고 저 사내를 처리하는 것이 더 낫겠다는 생각이었다.

그녀의 다리로 초록빛 아지랑이가 피어오르기 시작했다.

슈파앙!

그리고 그녀가 다시 발을 박찼을 뗐을 땐 이전과는 비

교도 할 수 없는 속도로 칼라반의 품까지 파고들었다.

"흡!?"

순간 여인의 움직임을 놓쳐버린 칼라반이 두 눈을 부릅뜨고 말았다.

여인은 단숨에 두 팔로 칼라반의 목을 짓누르며 그를 넘어뜨려버렸다. 다른 한 손에 들고 있던 단검을 칼라반의 목으로 가져갔다.

"죽인다."

그녀가 단숨에 칼라반을 죽이려는 때 그녀의 눈에 들어온 괴이한 광경이 있었다.

칼라반의 얼굴 옆으로 드러난 그림자에서 여러 눈동자가 보인 것이다.

심지어 그의 그림자가 작은 일렁임을 보이고 있었다.

"무슨……."

그녀가 당황한 얼굴로 그림자와 칼라반을 번갈아보았다.

그때.

"어이 너. 그 남자한테서 안 떨어질래?"

파아앙—!!!

갑자기 전해진 엄청난 충격에 여인의 몸이 저만치 나가 떨어져버리고 말았다.

"크윽……!"

단단한 쇳덩이로 맞은 것 같은 고통에 여인이 얼굴을

일그러트리고 말았다.

그녀는 기습을 가해온 이가 누구인지 눈으로 쫓았다.

바닥에 쓰러져 있는 칼라반의 옆으로 장발의 여인이 섰다.

"헤이나?"

여인의 정체를 확인한 칼라반이 가장 먼저 놀라 입을 열었다.

쓰러져 있는 칼라반을 내려다 본 헤이나가 고개를 절레절레 흔들었다.

"하아… 내가 어쩌자고 이런 볼품없는 남자한테 매력을 느꼈을까."

"갑자기 찾아와선 그게 무슨 말인가."

"무슨 말이긴. 보고 싶어서 찾아왔다는 말이지."

"……?"

생각지도 못한 그녀의 말에 칼라반은 그만 멍한 표정을 짓고 말았다.

그를 바라본 헤이나의 볼도 괜히 붉게 물들었다.

"뭐…뭐!? 그날 이후로 계속 네가 생각나는 걸 나보고 어쩌라고?! 그래서 보고 싶어서 와봤단 말이야. 그게 뭐 잘못 됐어?"

"아니… 잘못 된 것은 아니다만……."

"그보다 그 편지는… 아, 일단 시끄럽고! 얘기는 라그나로크에서도 다 들었어. 여기 와서 맨날 술만 퍼마시고

도박만 하고 있다며? 진짜면 그 얼굴에 주먹 한 방 갈겨
줄 생각이니까 긴장하고 있어라 공. 민."

그녀의 싸늘한 표정에 칼라반도 입을 다물고 말았다.

그녀가 어느 부분에서 화가난건지는 모르겠지만 드러
나 있는 표정만큼은 그래보였다.

스륵.

갑작스런 헤이나의 등장에 늑대 부족의 여인도 자세를
낮게 고쳐 잡았다.

그때서야 헤이나도 고개를 돌려 그녀를 돌아보았다.

"미안하지만 여기 이 남자는 내가 점찍어둬서 말이야.
다른 남자나 알아볼래?"

"너희들 모두 죽인다."

"호오… 그래? 그럼 어디 그 말대로 할 수 있는지 실력
한 번 볼까? 그렇지 않아도 이 남자 위에 올라타 있어서
굉장히 거슬렸는데 잘됐네."

헤이나는 가볍게 몸을 풀며 여인의 앞에 섰다. 그녀는
여유 넘치는 모습으로 여인에게 손짓했다.

"뭐하고 있어? 죽이겠다며? 안 덤빌 거야?"

파밧!

헤이나의 도발에 넘어간 것인지 늑대 부족의 여인이 먼
저 몸을 날렸다.

"그래, 그렇게 나와야지."

순식간에 헤이나와 늑대 부족 여인과의 싸움이 시작되

었다.

칼라반은 두 사람의 싸움을 지켜보며 천천히 몸을 일으켰다.

"잘 참았다."

그는 어둠 속에 있던 어둠의 정령들에게 낮은 목소리로 말했다.

분하지만 조금 전 여인의 움직임으로 알 수 있었다. 아직 자신의 실력만으로는 저 여인의 상대가 되지 못했다.

만약 헤이나가 나타나지 않았더라면 그는 어둠 정령들의 힘까지 빌릴 생각이었다.

하지만 때마침 헤이나가 나타나준 덕분에 어둠의 정령이라는 카드는 꺼내지 않을 수 있었다.

"괜찮으십니까?"

황급히 달려온 제르단이 그를 부축했다.

유운량은 파초선을 살랑살랑 부치며 칼라반의 곁으로 다가왔다.

"우선 늑대 가죽을 쓴 자들은 모두 날려버렸습니다만… 저들은 어떻게 하는 것이 좋겠습니까?"

그가 곰 가죽을 쓴 산악 민족들을 가리키며 물었다.

한껏 약탈을 가하던 곰 부족과 우라쿠는 칼라반 일행이 있는 곳을 바라보고 있었다.

그들은 다른 것보다 거센 바람을 일으켜 늑대 부족들을 날려버린 유운량의 존재를 더욱 신경 쓰는 중이었다.

"저 인간들부터. 처리한다."

"우오오—!!"

"오오오우!!"

곰 부족이 또다시 괴성을 질러대었다.

칼라반은 주변을 살폈다.

아직까지도 아라곤 성에서 증원 병력이 올 기미가 보이질 않았다.

"이상하군… 지금쯤이면 지원 병력이 오고도 남았을 시간인데 너무 늦어."

"습격을 가한 것이 이곳만이 아닐 거란 생각이 드는군요."

운량의 말에 칼라반이 고개를 끄덕였다.

그렇지 않고서야 지원 병력이 아직까지 도착하지 않았다는 것은 말이 되질 않는 얘기였다.

"저 곰 가죽을 뒤집어 쓴 녀석들은 모두 죽인다. 날려 보내봤자 저들은 다시 돌아와 영지민들을 헤칠 녀석들이니까."

"저 여인은 헤이나님께 맡겨둘 생각이십니까?"

"헤이나가 상대하는 동안 우리는 저들을 처리한다. 더 이상 피해가 커지지 않도록."

"저도 돕겠습니다."

어느새 제르단이 칼라반의 옆에 섰다. 그는 검을 들어 올리며 호흡을 가다듬었다.

칼라반의 시선이 그에게로 향했다.

"한 명보다는 두 명이 낫지 않겠습니까? 솔직히 말해 기아스 영주와 다른 귀족들의 행태는 마음에 안 들지만… 함께 지냈던 영지민들이 저들의 손에 죽임을 당하는 것은 두고 보기가 힘듭니다."

"훗. 마음대로 해라."

칼라반이 먼저 움직이자 제르단이 그 뒤를 따랐다.

우라쿠와 곰 부족은 자신들을 향해 달려드는 칼라반과 제르단을 보며 한껏 조소를 지었다.

기아스 군도 도망간 마당에 두 사람이 검을 들고 다가오자 가소로웠던 것이다.

"죽여!"

우라쿠의 명령에 수하들이 일제히 달려들었다.

칼라반은 몸 안의 내기를 끌어올렸다.

[심마안을 개안합니다.]

심마안 스킬이 발동되자 곰 부족민들의 전투력이 눈에 띄었다.

상대적으로 약한 자들이 많은 왼편으로 제르단을 보냈다. 그리고 본인은 우라쿠와 다른 이들이 있는 곳으로 몸을 날렸다.

"흡……!"

"우어……!!?"

칼라반의 심마안과 마주한 산악 부족민들이 잠시나마 몸을 굳혔다.

잠깐의 찰나였지만 칼라반에겐 그것으로 충분했다.

[여명의 검술 스킬을 발동합니다.]

검신에 맺힌 검기 형태의 광채가 번쩍일 때마다 곰 부족민들이 바닥에 쓰러졌다.

"쿠라아!!"

다부진 체격의 사내가 돌도끼로 칼라반의 검을 막아내려 했다.

파콰광!!

콰직―!!

그러나 칼라반의 검기가 그대로 돌도끼를 부숴버리며 사내의 몸을 두 동강 내고 말았다.

충격적인 광경에 지켜보던 이들의 눈이 부릅떠졌다.

"저자. 위험하다. 죽여야 한다."

우라쿠가 칼라반을 가리켰다. 그러자 그의 곁에 있던 곰 부족민들이 그를 향해 몸을 날렸다.

그들은 타고난 체격을 이용해 칼라반을 압박하려 들었다.

"후웁―"

칼라반은 숨을 한 차례 고르며 과감히 정면 돌파를 택했다.

아수라의 검법과 다르게 여명의 검술은 거침없이 나아가는 직선밖에 없는 검술이었다.

쩌저정—!!

콰지직! 슈콰앙!!

칼라반의 검기가 빗발치고 붉은 핏물이 사방에 뻗어나갔다. 그를 상대하고자 했던 곰 부족민들은 싸늘한 시체가 되어 바닥을 뒹굴었다.

이를 본 우라쿠가 이성을 잃고 달려들었다. 칼라반은 자신을 향해 달려드는 우라쿠를 보며 허리춤으로 검을 가져갔다.

그가 걸음을 한 보 내딛으며 단숨에 우라쿠와의 간격을 좁혔다.

"반월참."

그가 검을 횡으로 긋자 반달 모양의 검기가 뻗어나갔다.

슈카악—!

날카로운 검기는 단숨에 우라쿠의 허리를 베어버렸다.

"끄어……!?!?"

우라쿠는 믿을 수 없다는 몸으로 자신의 몸을 내려다보았다.

그 순간 그의 상반신이 미끄러지며 바닥으로 떨어졌다.

대장격인 우라쿠가 허무하게 당해버리자 곰 부족민들의 움직임이 얼어붙기 시작했다.

짧은 순간, 칼라반이 죽인 부족민들의 수만 스무 명이 넘었다.

그뿐만이 아니었다. 칼라반과 함께 나섰던 제르단도 만만치 않은 실력을 드러내며 곰 부족민들을 차례로 죽여나가고 있었다.

"후욱… 후욱… 오랜만에 검을 들어서 그런가…….''

제르단은 뜨거운 숨을 내뱉으며 자신을 에워싼 곰 부족민들을 노려보았다.

"꽤나 상쾌하잖아?"

피식 웃어 보인 제르단이 다시금 산악 민족을 향해 검을 겨누었다.

그러나 무언가를 바라보던 그들이 차츰 뒷걸음질 치기 시작했다.

"뭐야!?"

그들의 갑작스런 행동에 제르단이 인상을 찌푸렸다.

그러나 곧 그는 그들이 왜 이런 반응을 보이는지 알 수 있었다.

"이것 참… 아무리 얼간이라 불려도 블레이드 후보는 블레이드 후보라 이건가…? 아니면 원래 저런 사람인데 그동안 그런 척 살아왔던 거야?"

제르단은 어이가 없어 헛웃음만 지었다.

칼라반은 휘황찬란한 광채를 내뿜으며 산악 민족들을 거침없이 도륙하고 있었다. 특히나 영지민들을 죽이거나 했던 자들은 더더욱 무자비하게 목을 베어버렸다.

그의 검이 움직일 때마다 부족민들이 죽어나가니, 산악 민족들이 전의(戰意)를 잃고 도망치기 시작했다.

하르스마이어의 수하들

산악 민족들의 습격 이후, 아라곤 영지에 빠른 속도로 퍼져나가는 소문이 있었다.

"이봐 월명(月明)의 기사에 관한 얘기 들었나?"

"당연하지! 그 흉악한 산악 민족들을 쫓아냈다면서?"

"아무렴! 그뿐만이 아니야. 놈들의 우두머리를 단 일격에 끝장내버렸다던데?"

"허어… 근데 왜 월명의 기사라 불리는 건가?"

"그게 말이야… 사실 모두 자리를 피해버린 탓에 멀리서 그 전투를 지켜본 사람들밖에 없었는데, 그들의 얘기를 들어보면 마치 달빛의 가호를 받는 것처럼 그 기사님의 주변으로 빛이 났대. 게다가 그 빛이 번쩍일 때마다 산악 민족들이 쓰러졌다 하고."

"으음…? 그게 무슨 말인가?"

"아니, 글쎄… 그 곰 가죽을 뒤집어 쓴 산악 민족들이 하나같이 덩치가 우람했는데 그런 놈들을 상대로도 단 한 발자국도 물러서지 않고 앞으로 나아가기만 했다더라니까? 정말 대단하지 않나?"

사내는 일부러 과장된 몸짓을 보이며 얘기했다. 그러자 얘기를 듣고 있던 사내가 인상을 찌푸리며 고개를 저었다.

"에이… 그건 너무 소문이 과장된 것 아닌가? 워렌 백작님과 다른 기사 분들이 달려갔을 때 그곳에서 발견된 시체들만 백구가 넘는다 했는데 그 많은 숫자를 혼자 상대했다고?"

"흐음… 그건 또 그런가? 아무튼 그때 멀리서 목격한 사람들에 의하면 정말 대단한 전투였다고 하던데… 아, 그러고 보니 같이 싸운 동료들도 있다고 들었던 것 같기도 하고…….."

"그건 제가 잘 알고 있습니다. 먼저 동료 중 한 명은 바람 속성을 사용하는 마법사라 들었습니다. 엄청난 강풍으로 산악 민족들을 멀리 날려버렸다 하더군요. 어찌나 강한 바람인지 산악 민족들이 별다른 힘도 못써보고 단숨에 외성 밖으로 날아가 버렸다고 합니다."

"오오… 마법사라니…….."

"그리고 월명의 기사 옆에도 다른 검사 한 분이 있었다 들었습니다. 그 검사 분도 뛰어난 실력을 지녀, 열 명이 넘는 산악 민족들에 둘러싸였음에도 여유롭게 빠져나갔다 하더군요."

"허어… 두 명의 검사에 한 명의 마법사인건가?"

"마지막으로 한 명 더 있습니다."

"한 명 더?"

"예. 사실 이게 더 충격적이라면 충격적인 얘기긴 한데……."

"그게 뭡니까? 빨리 얘기해주십시오!"

주점에 앉은 이들은 모두 은근하게 사내의 얘기에 집중하기 시작했다.

그렇지 않아도 영지 내에서 화제가 되고 있는 사건의 얘기라 흥미가 동하지 않을 수 없었다.

"한 명의 여인이 더 있었다고 합니다."

"여자가? 그런데 그게 왜 충격적인 얘기라는 거지?"

"키도 훤칠하고 엄청 아름답게 생긴 여인이라는데…맨 몸으로 산악 민족들을 다 때려잡았다고 하더군요. 심지어 힘이 세기로 유명한 곰 부족도 그 여인 앞에서는 어린아이에 불과했다고…….."

"크하하! 야, 이 사람아, 그건 좀 너무 심하지 않은가? 곰 부족을 힘으로 억눌렀다고? 그 정도면 적어도 체격이 크거나 근육이 우락부락한 여자였겠는 걸?"

"아니, 그건 또 아니랍니다. 어느 귀족가의 여식처럼 빼어난 몸매를 지녔다던데……."

"크큭… 너무 멀리 갔어. 아무리 소문을 부풀리는 것이 재밌다지만 그건 좀 아닌 것 같군!"

"근데 참 이상하지… 그들은 대체 어디로 사라졌을까? 나 같았으면 공훈을 올렸으니 적어도 챙겨주는 보상 정도는 받고 갔을 텐데."

"그러니까 네놈이 잡화상이나 하고 있는 거야. 작은 이익에만 쫓아가니까 말이야."

"에이… 솔직히 말해서 이건 작은 이익이라고 할 수 없질 않나?"

"그건 그렇네……."

시끄럽게 얘기를 나누던 사람들은 금세 얼굴을 굳혔다.

사실 이번 일은 결코 작은 일이 아니었다. 동시다발적으로 일어난 산악 민족의 습격에 아라곤 영지 곳곳이 막심한 피해를 입고 말았다.

그들이 왜 이번 습격을 계획했는지는 알 수 없었지만 그나마 추측할 수 있는 것이라곤 곧 겨울이 다가오니 먹을 식량이 떨어졌기 때문이라는 이유였다.

그래서인지 몇몇 영지민들은 근래 기아스 영주가 무리하게 확장 사업과 산악 지역의 토벌을 감행하면서 벌어진 일이라 생각하고 있었다.

"어쩌면 산악 민족들이 우리에게 보내오는 경고 같은

것일지도 모르지."

"흐음… 그나저나 문득 든 생각인데 말이야. 이번에 나타난 월명의 기사와 그 일행들은 어쩌면 용병들이 아니었을까?"

"음? 묘하게 설득력 있는 말이로군… 구성도 꼭 작은 용병단 같고. 혹시 우연히 이 근처를 지나가다가 도와준 것인가?"

"에이… 용병이 돈도 안 받고 도움을 줬다고?"

"아니면 자유기사단일지도 모르지."

"예전이야 자유기사단이 많았지만… 지금도 자유기사단이 존재하나?"

"용병이나 자유기사단이나. 다른 거라곤 돈 받고 떠나가느냐 머무르느냐의 차이지 뭐."

"에이 그런 말 말어. 자유기사단은 그래도 수련 기사들이 세상을 돌아다니면서 실력을 갈고 닦는 분들끼리 모였다잖아. 한때 유행이라 귀족가의 자제들도 얼마나 많이 자유기사단으로 참여했는데……."

쉴 새 없이 떠드는 얘기소리를 뒤로 하고 일단의 무리가 자리에서 벗어났다.

제르단이 의미심장한 미소를 지으며 옆에 있는 칼라반을 쳐다보았다.

"후후… 아주 유명인사가 되셨습니다. 월명의 기사라니……."

"어디서 누가 어떻게 얘기를 들을지 모른다. 말을 아껴라."

"우리 쪽에선 얼간이라 불리는데 여기선 제대로 된 별명을 얻었네?"

"흐흐, 그나저나 월명 기사단이라… 뭔가 있어 보이는 이름이네요."

제르단은 뭐가 그리 신나는지 연신 콧노래를 흥얼거렸다.

반면 칼라반은 계속해서 주변을 살피고 있었다.

간밤의 습격이 있은 후로 며칠이 지났건만 아직까지도 여기저기에서 곡소리가 들렸다. 가족을 잃은 슬픔에 고개를 떨어트린 영지민들도 적지 않았다.

그들의 모습을 보고 있자니 칼라반은 괜히 마음이 무거워지는 기분이었다.

"네 탓이 아니잖아. 왜 그런 얼굴을 하고 있어?"

헤이나는 그런 칼라반이 신경 쓰였는지 연신 그의 표정을 살폈다.

그녀의 물음에 칼라반은 저도 모르게 씁쓸한 미소를 짓고 말았다.

"나도 한 때는 저들을 지키기 위해 싸웠다. 그래서다. 단지 그 뿐이야."

칼라반은 그대로 몸을 돌려 처소로 향했다.

헤이나와 제르단은 그런 칼라반의 뒷모습을 우두커니

지켜보고 있었다.

"원래 저런 분이십니까?"

"몰라, 나도. 하여간 비밀 많은 남자는 별로인데……."

"후후… 그렇다면 깨끗하고 맑고 투명하고 자신 있는! 저 제르단은 어떻습니까?"

"혹시 목숨이 여러 개야?"

"예…예에……?"

"아니면 조용히 닥치고 있어줄래? 안 그래도 심난하니까."

"아… 예엡……."

                        *   *   *

"어때? 뭣 좀 알아낸 것은 있었나?"

칼라반의 물음에 유운량은 고개를 가로저었다.

그는 입술을 굳게 다물고 있는 여인을 바라보았다.

"고집이 쇠심줄 같습니다. 결코 입을 열지 않는군요."

"그런가……."

칼라반은 곰 부족과의 전투가 끝나고 헤이나에게 패해 쓰러져 있던 늑대 부족 여인을 이곳까지 데려왔다.

영지민들을 헤치지 않은 늑대 부족과 여인을 굳이 죽일 필요는 없어보였다.

게다가 이번 습격에 관해 알아내고 싶은 사실들도 몇

있어 그녀에게 물어볼 생각이었다.

그러나 여인은 어찌나 고집이 센지 이곳에 붙잡혀 있음에도 단 한 번도 입을 열지 않고 있었다.

오히려 칼라반이나 다른 이들이 가까이 다가갈 때면 거친 살기를 드러내며 눈을 부릅떴다.

"그냥 고문을 가하는 것은 어떻겠습니까? 그러면 죽기 싫어서라도 입을 열 텐데……."

제르단이 답답해하며 말했다.

그러나 칼라반과 운량은 동시에 고개를 저었다.

"아니. 그런다 해도 저 여인은 입을 열지 않을 거다."

"맞습니다. 오히려 역효과일지도 모르지요. 저희들을 향해 왜 이렇게 날선 모습을 하고 있는지 그 이유라도 알면 한결 수월 할 텐데……."

"혹시 우리들의 말을 못 알아듣는 것은 아닙니까? 산민족에게는 산민족들의 언어가 따로 있다 들었습니다만……."

"그것도 아니다. 그때 분명 저 여자는 우리들의 얘기를 듣고 움직였다. 아무래도 이들의 일에 라그나로크와 블레이드가 관련되어 있는 것 같다만."

칼라반의 말에 여인이 몸을 움찔 했다.

그녀는 날카로운 시선으로 칼라반을 올려다보았다.

"날 죽여라. 너희들에게 목숨을 구걸 받고 싶지 않다. 만약 날 살려둔다면 네놈들을 죽이고 그 창자를 꺼내 나뭇가지에 걸어 둘 테다."

그녀는 유창한 제국어로 자신의 뜻을 전달했다.

이전의 우라쿠와 다르게 어눌한 부분이 단 한 곳도 없었다.

"으아… 살벌해라…….."

"역시나… 제국어를 할 줄 아셨군요."

운량은 고개를 주억거리며 그녀와 시선을 마주했다.

"그렇다면 말씀해주시지 않겠습니까? 아무래도 당신은 우리들에 대해 오해를 하고 있는 것 같습니다만……."

"오해? 하! 무슨 오해를 말하는 거지? 너희 라그나로크는 우리들의 영역을 짓밟고 내……."

분노에 가득 차 말을 꺼내던 여인이 돌연 입을 닫았다. 그녀의 시선은 칼라반을 너머 바깥쪽으로 향해 있었다.

속 터지는 제르단이 인상을 구기며 입을 열었다.

"왜 말을 하다 말아?"

"잠깐. 누군가 찾아왔다."

"이런… 꽤나 성미가 급한 손님이로군요."

유운량도 미리 설치해 둔 진법에 이상 신호가 왔음을 알아차렸다. 그들이 문 쪽을 바라보는 때, 누군가 문을 두드렸다.

제르단이 먼저 다가가 문을 열어주었다.

문밖에는 흑갈색 옷을 입고 있는 두 명의 사내가 서 있었다. 그들 중 수염을 기른 사내가 정확히 칼라반쪽을 바라보며 고개를 숙였다.

"안녕하십니까, 공민 블레이드 후보님. 저는 하르스마이어님의 종 로테시란스라고 합니다."

말끔하게 차려입은 사내가 자신을 소개했다.

그는 빠르게 안을 살피다 한쪽 구석에 있는 여인에게서 시선을 멈추었다.

"호오… 그 사이에 늑대 한 마리를 거두어 들이셨나보군요."

로테시란스는 한쪽 입꼬리를 빙그레 말아 올렸다.

그러다 그의 시선이 이번엔 헤이나에게로 향했다.

"헤이나 블레이드 후보님께서도 이곳에 계시는 줄은 몰랐습니다. 저희에게 미리 언질을 주셨더라면 저희가 있는 곳으로 극진히 모셨을 것을……."

"하르스마이어의 부하들이 여기까지는 무슨 일이지?"

칼라반이 그들의 말을 자르며 말했다.

"음… 블레이드님의 존함을 그리 함부로 부르시다니… 아무리 '얼간이'라는 별명을 갖고 있는 블레이드 후보님이시라지만, 조금은 예의를 갖춰주셨으면 좋겠군요."

"그쪽이 할 말은 아닌 것 같습니다만."

로테시란스의 말에 유운량이 곧바로 받아쳤다.

두 사람의 시선이 허공에서 부딪히며 잠깐의 신경전이 펼쳐졌다.

그때 칼라반이 다시 한 번 입을 열었다.

"그래서 이곳까지 찾아온 이유가 뭐냐고 물었다."

"크흠… 얼마 전 산악 민족들의 습격이 있을 때 그곳에서 여기 이 자가 공민 블레이드 후보님을 보았다는 말을 전해왔습니다. 사실인지요?"

로테시란스는 슬쩍 안쪽에 있는 여인을 바라보았다.

어차피 저기 증거가 있는 이상 칼라반은 결코 발뺌하지 못할 것이라 생각했다.

역시나 칼라반은 망설임 없이 순순히 그것을 인정했다.

"그렇다."

"그런데 참 이상합니다. 산악 민족의 습격을 막았다는 월명 기사단… 이라고 불리던가요? 그들이 있었던 장소에는 공민님과 여기 계신 일행들밖엔 없었다고 하더군요."

로테시란스는 회심의 미소를 지었다.

헤이나가 이곳에 있다는 것은 전혀 몰랐던 사실이지만 상관없었다.

지금부터 자신이 꺼낼 얘기들은 이곳에 있는 모두를 충분히 곤란하게 할 수 있는 얘기였으니 말이다.

'차라리 이곳에 헤이나가 있는 것이 잘 되었는지도 모르겠군. 천방지축 세상 무서운 줄 모르고 날뛰는 저 여자의 표정이 잔뜩 일그러지는 것도 볼만하겠어.'

로테시란스는 다시 말을 이었다.

"이것 참 곤란한 일이 아닐 수 없군요. 이번 습격은 저희의 주도 하에 이루어진 일이었으니까요. 그런데… 설마하니 블레이드 후보이신 두 분께서 하르스마이어님의 일을 그르친 것은 아닐 테지요? 본래라면 서쪽 지역의 피해는 더욱 컸어야 했는데 말입니다. 이 일을 어떻게 보상 받아야 할지……."

"저게……!"

로테시란스가 대놓고 의도를 드러내자 헤이나가 눈살을 찌푸렸다.

그러나 칼라반은 여전히 무표정한 얼굴로 입을 열었다.

"그 전에 나도 물어보고 싶은 게 있다."

"그게 무엇입니까?"

"이번 습격으로 수많은 영지민들이 죽고 큰 피해를 입었다. 그것을 모르진 않을 테지?"

"크하하! 모를 리 있겠습니까! 저희들도 함께 나서서 제국 놈들을 도륙하며 피 맛을 봤으니… 얼마나 상쾌한 일이 아니겠습니까."

꿈틀.

로테시란스의 말에 칼라반의 한쪽 눈썹이 움직였다. 상쾌하다는 단어가 상당히 거슬리며 그의 심기를 자극했다.

그의 반응에도 아랑곳 하지 않고 로테란시스가 자신의 말을 이었다.

나 홀로
이세계 플레이어

"생각해보십시오. 어차피 아크로이어 황제의 밑에서 아무것도 모른 체 살아가는 멍청한 제국민들까지 신경 쓸 필요 없지 않겠습니까? 놈들은 죽어 마땅합니다. 모르는 것을 알려 들지 않고 개돼지마냥, 짐승처럼 살아가는 놈들을 무엇 하러 신경 쓴단 말입니까? 그것은 공민 블레이드 후보님께서도 동의하실 거라 생각합니다. 라그나로크에 몸을 담은 이유가 무엇입니까? 바로 제국에 대한 분노 때문이 아닙니까? 이곳에서 더욱 큰 학살이 자행될수록 놈들에게 입히는 피해도 더욱 커질 것입니다."

"…마지막으로 하나만 묻지."

"흐흐… 무엇이든 물어보십시오!"

"그것은 하르스마이어의 생각인가… 아니면 라그나로크의 뜻인가."

"크음… 다시 한 번 말씀드리지만 함부로 제 주군의 존함을 그렇게 함부로 부르지 말아주십시오. 아무리 블레이드 후보님이라도 듣기에 불편한 감이 있음을 말씀드리고 싶군요."

"묻는 말에 대답이나 해라."

"그건 당연히 거룩하신 하르스마이어님의 뜻이 아니겠습니까? 지금의 라그나로크는 물러 터졌습니다! 조심을 기하는 것들이 너무 많단 말입니다! 하지만 그런 겁쟁이 놈들과 다르게 우리 하르스마이어님께선 먼저 화끈하게 움직이기로 하셨습니다! 바로 이곳, 아라곤 영지를 시작으로 말입니다. 이제 곧 아라곤 영지는 산악 민족들에게 짓밟혀 전쟁터가 될 것입니다. 그러면 수많은 제국민들이 죽게 되겠죠."

"……."

"더욱 대단한 것은 말입니다, 우리 쪽에는 그 어떠한 피해도 없을 거라는 겁니다. 멍청한 산악 민족들이 대신 제국군과 함께 죽어 줄 테니까요. 그렇게 제국의 시선이 이곳으로 집중되는 동안 하르스마이어님께선 서서히 헤카르도 왕의 영지에 스며들 것입니다. 그리곤 제국의 편에선 자들을 하나씩, 하나씩 제거해 나갈 겁니다. 뭐… 그 와중에 죽는 자들은 어쩔 수 없겠지만 말입니다. 하지만 결국 헤카르도 왕의 영지는 피와 살육에 물든 전쟁터로 변할 겁니다! 바로 위대한 블레이드이신 우리 하르스마이어님―"

"다행이로군."

"흠…? 다행이라니 무엇이 말입니까?"

"다행이질 않나. 라그나로크 전체를 적으로 돌릴 필요는 없어졌으니."

그들의 계획

 칼라반의 말에 로테시란스의 두 눈이 큼지막하게 떠졌다.

 그뿐만 아니라 함께 온 수하도 놀란 토끼 눈을 하고 있었다.

 로테시란스는 어이가 없어 차마 떨어지지 않는 입술을 부르르 떨었다.

 "지…지금 뭐라고 하셨습니까…? 제가 잘못 들은 거겠지요……?"

 "똑똑히 들었을 거다."

 "후우… 공민 블레이드 후보님이 이렇게나 자신감이

넘치는 분이신 줄은 몰랐군요… 설마 그런 말까지 아무렇지 않게 입에 담으실 줄이야…….”

로테시란스가 곤란하다는 듯 인상을 찌푸렸다. 뒤에 서 있던 헤이나도 고개를 절레절레 흔들고 있었다. 그러나 칼라반의 태도는 진지했다. 그는 웃음기 하나 없는 얼굴을 하고 있었다.

로테시란스의 시선이 칼라반의 뒤편에 있는 제르단에게로 향했다. 어째서 지금껏 이런 애송이를 죽이지 않았냐는 무언의 압박이었다. 그러나 제르단은 그저 어깨를 으쓱이는 것만으로 답을 대신했다. 그 태도에 로테시란스가 저도 모르게 입술을 질끈 깨물었다.

“…어쨌거나 블레이드님의 뜻은 곧 라크나로크의 뜻이기도 합니다. 게다가 이번 일은 하르스마이어님의 명령을 받아 이번 일을 주도하고 계신 분은 하이데님이시니… 부디 이외의 다른 마찰은 빚어지지 않았으면 좋겠군요. 그리고 이번 일은 공민님과 헤이나님도 모르고 저지르신 일 같아 위에 보고하지 않고 넘어가도록 하겠습니다. 그러니 공민 블레이드 후보님께서도 이제는 본인의 임무에만 집중해주십시오.”

로테시란스는 계획을 바꾸어 그들에게 빚을 지워놓는 것처럼 해두기로 했다.

어차피 작금의 상황에서 이들에게 딱히 받아낼 것도 없었으니, 나중이라도 이 일을 빌미로 삼을 수 있도록 남긴 것이다. 그러면서도 은근하게 칼라반의 현 위치를 상기시켜주었다.

"물론 그럴 생각이다. 그러나 너희들이 쓸데없는 학살을 자행하지만 않는다면."

"쓸데없는 학살이라니요… 이왕이면 이유 있는 학살이라고 칭해주십시오."

"그대 얼굴에 나타난 희열은 그저 쾌락을 위한 것으로밖에 보이진 않는데 말이야."

칼라반의 말에 로테시란스도 아차 싶었다. 저도 모르게 얼굴에 미소를 드러냈던 것이다.

그는 헛기침을 하며 말을 이었다.

"아무튼 제가 이곳에 찾아온 이유는 공민 블레이드 후보님께 경고를 드리기 위함이었습니다. 이번 일에 또다시 방해를 하신다면… 그때는 저희 측에서도 가만히 넘기지 않을 것입니다."

로테시란스는 마지막 말에 힘을 주어 말했다. 그는 본인의 할 말만 마치며 고개를 숙여보였다.

뒤에 있던 로테시란스의 수하도 칼라반에게 고개를 숙이며 인사를 건넸다.

두 사람은 그렇게 자리를 떠났다.

이곳을 벗어나는 두 사람의 뒷모습을 바라보며 유운량이 먼저 입을 떼었다.

"저렇게 보내도 되겠습니까? 저들의 눈빛으로 보아 주

군께 그다지 호의적이진 않아보였습니다만… 이대로 두면 이곳에서의 일이 하르스마이어에게 흘러들어갈 것입니다."

"그… 이봐요, 지부장님…! 대체 어쩌자고 그런 얘기를 한 겁니까?! 제가 다른 사람은 몰라도 하르스마이어님에게 만큼은 찍히지 말아야 한다고 누누이 말씀드렸잖아요! 근데 그렇게 대놓고 적대시 할 수 있다는 말을 건네버리면 대체 어쩌자는 겁니까!?"

운량과 제르단의 시선이 동시에 칼라반에게로 향했다.

묵묵히 저들을 바라보던 칼라반이 몸을 돌렸다.

"운량."

"예."

"내가 정말 죽이고자 하는 것은 나와 동료들, 수하들을 배신한 자들뿐이다. 내가 검을 겨누고 싶은 것은 이 땅에 살아가는 제국민들이 아니야. 나는… 그들을 지키기 위해 오랜 시간을 싸워왔다."

"무슨 말씀을 하고자 하시는지 잘 알겠습니다."

운량이 입가에 미소를 띠웠다.

그러나 제르단을 비롯한 다른 이들은 칼라반이 하고자 하는 말이 무슨 말인지 선뜻 이해하지 못하고 있었다.

"역시 그대로군. 그렇다면 그대가 보기엔 어떻지? 이것은 나의 치기 어린 욕심인가?"

"주군께서 나아감에 있어 필시 희생은 따를 것입니다.

그러한 사실은 제가 굳이 말씀드리지 않아도 주군께선 누구보다 잘 헤아리고 계실 거라 생각합니다. 그러나 주군께서 그들의 희생을 최대한으로 줄이고자 노력하신다면 저 또한 그리하도록 하겠습니다. 허나 그 언젠가 희생을 감행해야 할 일이 생긴다면, 그때는 망설이지 않고 마땅히 나아가셨으면 하는 바람입니다."

"훗… 그대는 나를 어리석다하지 않는군."

"오히려 무자비한 피의 길을 걷는 것보다 이쪽이 저의 마음도 편안할 테니까요."

"좋다. 그렇다면 우선 하르스마이어의 계획부터 막아야겠지."

두 사람의 대화를 잠자코 듣고 있던 헤이나가 두 눈을 동그랗게 떴다. 그녀는 허리에 두 손을 올리며 칼라반의 앞에 섰다.

"뭐야 지금? 너 설마 하르스마이어님과 척을 지기라도 하겠다는 거야?"

"필요하다면 그럴 생각이다."

"하!? 지금 그게 얼마나 터무니없는 생각인지 알기는 해? 그래, 뭐 어차피 지금 네 수준으로는 하르스마이어님이 신경도 쓰지 않긴 하겠지만. 만약 그분이 본격적으로 널 죽이려 나선다면? 하르스마이어님이 자그마한 군대만 파견해도 너 정도는……."

"네가 있질 않나?"

"아……?"

생각지도 못한 말에 헤이나의 말문이 막혀버리고 말았다. 그러나 이내 웃음 짓는 칼라반의 모습에 농담이라는 것을 알았다.

그녀는 괜히 얼굴을 붉히며 목소리를 높였다.

"야! 지금이 장난칠 때야!?"

"후훗. 걱정마라. 네 말대로 하르스마이어는 지금의 날 크게 신경 쓰지 않을 거다. 일부러 많은 이들의 시선에서 벗어나기 위해 지금과 같이 생활해왔던 거니까."

"뭐?"

"말 그대로다. 덕분에 이제는 움직이기가 한결 수월해졌지. 나를 감시하거나 조사하는 자들을 달고 움직이는 것은 피곤한 일이니까."

"후후. 그럼 주군께선 무엇부터 하실 생각이십니까?"

"그동안 수련에 매진했으니 이제부터는 함께 할 자들을 모아볼 생각이다. 헤이나의 말대로 지금의 나 혼자서는 하르스마이어를 상대하는 것은 무리일 테니. 그 이상의 존재들은 더더욱 말할 필요도 없고."

"좋은 생각이시군요. 그리고 혼자라는 말씀은 말아주십시오. 주군의 곁에는 제가 있지 않습니까?"

유운량은 부드러운 미소로 답했다.

다른 이들이 머뭇거릴 때 한니발이 앞으로 나섰다.

"저 또한 마찬가지입니다. 공민님을 주군으로 모시기

로 한 이상 어떤 길을 걸어가시던 함께 하겠습니다. 그때의 맹세는 제 진심이었으니까요."

"저도!! 저도 함께 할래요!!"

한니발을 따라 이라벨도 손을 들고 나섰다.

그러자 제르단이 이라벨을 말렸다.

"아서라 꼬맹아. 지금 이게 무슨 대화인줄은 알고 떠드는 거냐?"

"네! 공민님께서 나쁜 놈들을 혼내준다는 말 아닌가요? 저는 그렇게 알아들었는데……."

"뭐!? 아하하!!아하하하!!"

"그렇지, 그렇지!!"

이라벨의 순수한 말에 모두가 웃음 지었다.

그때 잠자코 듣고 있던 헤이나가 슬쩍 손을 들었다.

"질문이 있는데."

"뭐지?"

"그래서 이제부터는 어떻게 할 생각인데? 막말로 당장 하르스마이어님의 군대가 이곳으로 쳐들어올지도 모르고 무엇보다 산악 민족들이 대규모로 들이닥칠지도 모르잖아?"

"이번 일의 주된 말은 산악 민족입니다. 그러니 하르스마이어는 결코 자신의 수족들을 이 일에 전면적으로 내세우진 않을 것입니다. 짐작컨대 하르스마이어는 아직 자신을 전면에 드러내고 싶지 않을 겁니다."

"내 생각도 그렇다. 벌써부터 제국의 눈에 띄기 시작한다면 곧 그들의 표적에 오를 테니까."

운량의 말에 칼라반이 동의했다. 유운량이 다시 말을 이었다.

"그러니 우선은 산악 민족들의 움직임을 막아내면 될 것입니다. 그것만으로도 하르스마이어의 계획에는 많은 차질이 빚어질 겁니다."

"그거라면 내가 도와줄 수 있다."

그때 낯선 여인의 목소리가 그들의 대화에 끼어들었다.

한쪽에 묶여 있던 늑대 부족의 여인이 고개를 들었다. 그녀의 시선은 정확히 칼라반쪽을 향해 있었다.

그동안의 대화와 저들의 행동들로 비추어 보건데 이곳 무리의 중심은 칼라반임을 본능적으로 알아차린 것이다.

"그대가? 무엇을 도와줄 수 있다는 말이지?"

"그보다 먼저 확인하고 싶은 것이 있다."

"말해봐라."

그동안 입을 굳게 닫고 있던 여인이 처음으로 대화를 시도해왔다. 이것은 칼라반으로서도 반길만한 일이었다.

그녀는 아직 경계심 어린 눈빛으로 그들을 바라보면서도 천천히 입을 열었다.

"너희들은 하르스마이어라는 자와 무슨 관계지?"

"아무 관계도 아니다."

"거짓말 마. 너희가 같은 라그나로크라는 것쯤은 나도 들어서 알고 있다."

"그렇다면 그 후의 얘기도 듣었지 않나? 우리는 하르스마이어가 하려는 일을 막을 생각이다."

"어렵게 말하려 들지 마. 너희는 하르스마이어와 같은 편이냐 적이냐. 그것만 답해."

"굳이 그렇게 말하자면……."

칼라반은 잠시 말을 멈추더니 이내 다시 입을 열었다.

"적이다."

그의 단호한 답에 여인이 처음으로 오묘한 표정을 보였다. 그녀는 계속해서 칼라반의 눈동자를 살폈다.

그녀와 시선을 마주하고 있는 칼라반의 눈동자엔 전혀 흔들림이 없어보였다.

"…틀림없나보군. 좋다. 그렇다면 믿겠어."

"좋을 대로. 그보다 그대가 어떻게 우리를 돕겠다는 거지?"

"나의 이름은 세오나. 늑대 부족 족장인 세루라의 딸이다."

"족장의 딸이라고?"

"본래 그라다 산에는 많은 산악 민족들이 살고 있어. 그 중에서도 세 개의 커다란 부족이 팽팽한 균형을 이루고 있었다. 곰 부족과 독수리 부족, 그리고 우리 늑대 부족이다. 어느 한 곳이 싸움을 일으키면 다른 부족이 그 빈틈을 노리고 들어올 것이 분명했기에 우리는 공연히 전쟁을 일으키지 않고 오랜 세월을 지내왔다. 그러다 그들이 나타난 거다."

"그들이라면… 하르스마이어의 수하들을 말하는 건가?"

세오나가 굳은 얼굴로 고개를 끄덕였다.

당시의 일을 떠올리면 아직도 치가 떨렸다.

"놈들은 갑자기 그라다 산에 나타나 곰 부족과 거래를 했다. 곰 부족의 족장 우라후가 그라다 산의 칸이 될 수 있도록 도와주겠다 한 거다."

"칸?"

"그라다 산을 지배하는 부족장을 말한다. 하르스마이어의 수하들은 야비한 수를 써서 우리 부족과 독수리 부족민들을 함정에 빠트렸고… 그 결과 현재 곰 부족이 다른 부족들을 모두 지배하에 두고 있는 상황이 되었다."

세오나는 입술을 질끈 깨물었다.

그녀의 얼굴에는 깊은 분노가 고스란히 드러나 있었다.

"그렇다면 지금 그 칸이라는 자는 곰 부족의 족장 아라후라는 말이로군?"

"흥! 누가 그런 무식한 놈 따위를 칸으로 인정해? 놈은 그저 본능에 충실한 짐승 같은 놈에 불과하다. 뿐만 아니라 외부의 힘을 끌어들인 그자는 결코 칸이 될 수 없다."

"흐음… 그렇군."

"게다가 곰 부족의 족장인 아라후는 그라다 산 최강의 전사가 아니야. 이것만큼은 자신 있게 말할 수 있어. 그라다 산 최상의 전사는 우리 부족의 세키라드다."

"너보다도 강한가?"

"당연하지. 세키라드는 나 따위와는 비교도 할 수 없을 정도로 강해."

"그런데 어째서 그를 필두로 놈들에게 저항하지 않는 거냐. 혹시 전쟁에서 패하기라도 한 건가?"

"아니, 그렇지 않다… 오히려 제대로 싸워보기도 전에 우라후와 대륙인들은 함정을 이용해 우리들의 어머니를 납치해갔다. 놈들은 우리가 그들의 말을 듣지 않으면 어머니의 목숨을 앗아간다 말했다. 어머니는 현재 우리 늑대 부족의 족장… 족장인 어머니가 저들의 손에 잡혀 있으니 우리로선 아무것도 할 수 없었다."

말을 잇는 세오나의 표정이 어두워졌다.

곰 부족 손에 붙잡혀 있는 자신의 어머니를 생각하니 지금도 마음이 무거워지고 있었다.

"나는 어머니께서 놈들의 손에 죽임을 당하도록 둘 수 없다. 그렇기에 놈들의 말을 거절할 수 도 없어……."

"그럼 지금 그 세키라드라는 자는 어디에 있는 거지?"

"세키라드는 두 손과 발이 묶인 채 곰 부족 영역의 골짜기 깊숙한 곳에 가둬져있다. 놈들이 나를 붙잡아가려 하자 세키라드가 대신 자처해서 인질이 되었다."

"흐음… 그렇다면 세키라드라는 자와 늑대 부족의 족장이신 당신의 어머님을 먼저 구해야 한다는 얘기로군요. 그렇지요?"

운량의 정리에 세오나가 고개를 끄덕였다. 그녀는 자신의 두 주먹을 힘껏 말아 쥐었다.

"그렇게만 된다면 우리 늑대 부족이 너희를 도와줄 수 있다. 우리 늑대는 강해. 결코 무식한 곰 부족에 뒤처지지 않아."

네가 필요하다

"그런데 문제는 어떻게 그들을 구출 하느냐인데… 그들이 바보가 아닌 이상 결코 인질들을 눈에 띄는 곳에다 두었을 리 없을 겁니다. 뿐만 아니라 중요한 인질들이니만큼 경계도 삼엄할 테지요."

운량의 말에 모두가 고개를 끄덕였다. 도중 제르단이 놀란 눈을 했다.

"에?! 잠깐만, 잠깐만요… 지금 어째서 얘기가 그쪽으로 흘러가는 겁니까? 벌써 이 여자의 어머니란 분과 그 세키라드라는 사람을 구해주기로 결정이 난 겁니까?"

"당연한 것 아니겠습니까. 그들을 구해주고 늑대 부족

이 힘을 되찾는다면 산악 민족들이 아라곤 영지로 침입해 들어오는 일은 없을 겁니다. 그렇지 않습니까?"

"물론이다. 특히나 우리가 독수리 부족과 힘을 합친다면 곰 부족도 더는 어떻게 하지 못해. 그렇게 된다면 우리는 대륙인들의 땅을 넘보지 않을 거다. 이것은 족장의 딸인 내가 목을 걸고 약속해주겠다."

세오나의 단호한 말에 칼라반이 제르단 쪽을 바라보았다.

"그렇다는군."

"후우… 결국 일이 이렇게……."

"두렵나?"

"그럼 안 두렵겠습니까? 다른 누구도 아니고 블레이드 하르스마이어님인데……."

"이봐 너. 무서우면 지금이라도 빠지는 게 어때?"

뒤에서 듣고 있던 헤이나가 한 마디 거들었다.

그녀의 반응에 제르단이 기가 차다는 표정을 지어보였다.

"그런 말은 아니었습니다…! 그냥 마음의 준비가 좀, 필요하다는 얘기였지요. 왜냐하면……."

제르단은 남몰래 가슴을 쓸어내렸다. 그렇다고 해서 주저하거나 망설이는 마음이 들지는 않았다.

그는 이미 산악 민족의 습격이 있었던 날부터 칼라반을 따라보기로 마음먹었다.

"이미 저 제르단은 공민 지부장님을 따를 것을 결심했거든요!"

"갑자기?"

"갑자기가 아닙니다. 산악 민족들의 습격이 있었을 때 공민 지부장님은 누구보다 먼저 나서서 영지민들을 구하기 위해 애쓰셨습니다. 그 모습에 솔직히 놀랐습니다. 감춰두었던 실력도 실력이었지만 냉철한 상황 판단력과 영지민들의 목숨까지 소중하게 여겨주시는… 그 모습에 마음을 달리한 겁니다."

제르단이 사뭇 진지한 얼굴로 말을 이었다.

"솔직히 말해서 그동안 이곳으로 보내진 지부장들은 한심한 자들뿐이었습니다. 아니, 비단 이곳으로 보내진 자들만은 아니었죠. 처음 라그나로크에 몸을 담고 만난 제 상관마저도 살인에 미친 작자였습니다. 그것을 두고 보다 못한 저는 끝내 상관을 제 손으로 죽였고, 이를 알게 된 하르스마이어님의 수족 알카가스님께서 평생 상관을 죽일 수 있는 일을 주겠다며 이곳으로 보내진 겁니다."

"그랬군……."

"저는 상대가 누구건 그들의 명령 때문에 이곳으로 보내진 지부장들을 죽여야 했습니다. 그러나 죄책감은 없었습니다. 이곳으로 보내진 지부장들은 하나 같이 후안무치들뿐이었으니까요. 동네 시정잡배들과 다를 바 없었습니다. 대부분 이라벨을 함부로 대하는 것만 봐도 알 수 있었습니다."

제르단의 시선이 이라벨에게로 향했다.

그동안 말은 하지 않고 있었지만 이라벨은 몇몇 지부장들에게 폭력을 당하기도 했었다.

그러나 녀석은 그것들을 꿋꿋하게 견뎌냈다. 어린 나이임에도 이곳으로 온 지부장이 곧 세상을 바꿔줄 사람들 중 한 명이라 생각하며 견뎌온 것이다.

제르단으로선 그것을 지켜보는 것이 힘들었다.

어린아이가 기특하다는 마음보단 제 나이에 맞게 크지 못하고 있다는 생각이 들었다.

제르단은 이참에 한풀이겸 그동안의 얘기들을 속 시원히 털어놓았다.

주로 이라벨이 어떻게 부모를 잃었는지 그리고 이곳에서 자신을 만나기 전까지 어떤 삶을 살았는지에 관한 얘기들이었다.

그는 이곳에 와서도 이라벨의 삶이 그다지 행복하지 않았음을 알려주었다.

그의 얘기가 점점 길어짐에도 칼라반이나 유운량은 귀찮아하는 내색 한 번 없었다. 오히려 그들은 제르단과 이라벨의 얘기들을 진심으로 경청해주었다.

"그런 사정이 있었나……."

제르단의 얘기가 끝나고 칼라반이 이라벨의 머리를 쓰

다듬어주었다.

갑작스런 칼라반의 손길에 이라벨은 저도 모르게 눈시울을 붉혔다. 이상하게 눈물이 왈칵 쏟아진 것이다.

녀석은 황급히 고개를 돌리며 눈물을 감췄다.

"으… 눈물을 보이면 안 돼요… 눈물을 보이면…….."

그동안 눈물을 보이면 더욱 폭력을 당했다. 이라벨은 그 기억에 사무쳐 눈물을 보이지 않으려 애썼다.

그때 이라벨의 등 뒤로 따뜻한 감촉이 전해졌다. 누군가 그를 상냥히 끌어안아준 것이다.

"괜찮아. 마음껏 울어. 네 나이 때는 슬프면 눈물짓고 기쁘면 웃는 거야. 그래도 돼."

"아아…….."

이라벨을 안아준 이는 다름 아닌 헤이나였다.

그녀는 새하얀 팔로 이라벨을 한껏 안아주었다.

제국군의 손에 부모를 잃고 혼자가 되었음에도 씩씩하게 자라준 것이 대견했던 것이다.

이것이 기폭제가 되어 마침내 이라벨이 눈물을 터트리고 말았다.

이 모습을 지켜보던 제르단이 입을 열었다.

"그럼 이제 이곳에 있는 모두가 함께 하는 건가요?"

"흐음… 아직 제일 중요한 분이 따로 말씀을 안 하셨습니다만…….."

유운량의 시선이 헤이나에게로 향했다.

그녀가 함께 움직여 줄 수 있는지 아닌지는 차이는 컸다. 헤이나의 대답 여하에 따라 작전의 궤를 달리해야 할지 몰랐다.

그러나 헤이나는 말없이 칼라반을 바라보고 있을 뿐이었다.

"나는 공민과 따로 얘기하고 싶은데. 그래도 괜찮나?"

"어려울 것 없다."

헤이나가 먼저 밖으로 나서자 공민이 그 뒤를 따랐다.

이를 지켜보던 제르단이 슬쩍 유운량에게 물었다.

"그런데… 저 두 분은 대체 무슨 관계인겁니까?"

"아무 사이도 아닙니다."

"예…? 그치만… 지금까지 지켜보기엔 아무사이가 아닌 것 같아보였는데 말이죠…….."

"후훗. 어쩌면 오늘부터는 두 분이 제르단님의 말씀대로 아무사이가 아닌 것처럼 될 수 있을 지도요."

"아…….."

"사람 일이 다 그렇지만 특히나 남녀 사이의 일은 더더욱 한 치 앞도 내다볼 수 없는 법이니까요."

그는 두 사람이 떠나간 방향을 보며 미소를 흘렸다.

그리곤 세오나 쪽을 향해 몸을 돌렸다.

"자아… 그럼 두 분이 돌아오시기 전 우리는 우리가 할 수 있는 일들을 해볼까요."

일행들을 뒤로 한 채 밖으로 나온 칼라반과 헤이나는 산속의 밤거리를 거닐었다.

밤하늘에 수놓아진 수많은 별들은 아름다운 빛으로 존재감을 발산하는 대신 두 사람을 더 밝혀주는 기분이었다.

헤이나는 막상 바깥으로 나오긴 했지만 어떤 말부터 꺼내야 할지 몰라 망설이고 있었다.

그러다 그녀는 이것이 본인답지 않다는 생각에 세차게 고개를 흔들었다.

울창하게 뻗은 대나무들이 가득한 숲의 안에서 헤이나가 몸을 돌렸다.

"그나저나 너. 편지에, 아니, 그 정도면 쪽지라고 해야 하나… 아무튼, 어떻게 겨우 세 글자만 적어놓을 수 있어?"

헤이나는 칼라반이 떠나기 전 편지를 남겨놓았었다. 편지의 내용은 자신에게 사과할 기회를 달라는 내용이었다.

그리고 그것을 읽은 칼라반도 답신을 남겨두었다. 남겨진 내용은 '알겠다.' 단 세 글자였다.

뭔가 칼라반답다면 칼라반다운 쪽지였지만, 헤이나의 입장에선 어딘지 자존심이 상하는 느낌이었다.

그럼에도 그녀가 칼라반을 찾아온 것은 정말 지난번의 일을 사과하고 싶은 마음도 있었고, 다른 한편으로는 이상하게 그가 자꾸 머릿속에 떠올랐기 때문도 있었다.

그래서 다시 한 번 칼라반의 얼굴을 볼 수 있을 거란 생각에 무작정 이곳까지 길을 나섰다. 그런데 막상 이곳까지 와보니 다른 생각이 몽글몽글 피어오르는 것을 어쩌지 못했다.

그때 칼라반의 답변이 이어졌다.

"필요한 말만 써놓았을 뿐이다."

"어우… 진짜… 너 애인 없지!?"

"없다."

"응, 그래. 너 하는 행동만 봐도 딱 그래 보여! 아니, 근데… 아아악! 왜 이렇게 약이 오르지!?"

헤이나는 인상을 찌푸리며 손으로 머리칼을 이리저리 흔들었다.

칼라반은 영문을 모르겠다는 듯 두 눈만 꿈뻑 거렸다.

사실 얼추 짐작은 할 수 있으나 헤이나의 반응이 재밌어 슬쩍 놀려주는 중이었다.

그러건 말건 헤이나는 곱게 눈을 흘기며 칼라반과 시선을 마주했다.

그녀는 우선 칼라반을 향해 고개를 숙여보였다.

"일단 이전에는 내가 말실수를 한 것 같아. 미안해. 진심으로 사과할게."

"괜찮다. 그리 크게 신경 쓸 일은 아니었으니."

"얘기는 유운량한테 들었어. 그런 일이 있었을 줄은……."

헤이나는 혹시나 칼라반이 다시금 마음 상할까 싶어 구태여 입 밖으로 그 얘기를 직접 꺼내진 않았다. 칼라반도 그녀의 마음 씀씀이를 느꼈기에 그저 담담히 고개만 끄덕일 뿐이었다.

둘 사이에 잠시간 어색한 침묵이 흐르자 선선한 밤바람이 고스란히 코끝에 느껴졌다.

온통 상대를 신경 쓰느라 들어오지 않던 주변 대나무들도 서서히 시야에 들어오기 시작했다.

곧게 뻗어 있는 대나무를 만지던 헤이나가 다시 입을 열었다.

"그럼 네가 하려는 일은 여동생의 복수인거야? 그걸 위해 라그나로크의 힘을 이용할 생각으로 블레이드 후보가 된 거겠지?"

"그렇다."

"복수의 대상은 당연히……."

"아크로이어 황제의 목이다."

칼라반의 무섭도록 가라앉은 목소리. 그가 이토록 차가운 눈을 하는 것도 처음이었다.

칼라반은 말수가 적긴 하지만 눈빛이나 표정만큼은 부드럽고 온화함이 드러나 있었다. 적어도 헤이나는 그를 지켜보며 그런 느낌을 받고 있었다.

칼라반이 그녀의 오빠를 닮았기 때문만은 아니었다.

본래 심성이 나쁘지 않다는 것쯤은 그를 처음 만난 날

부터 어렴풋이 짐작할 수 있었고, 아이를 위해 몸을 던지던 그의 모습은 아직까지도 그녀의 뇌리에 선명히 각인되어 있었다.

뿐만 아니라 이곳에 도착해 오랜 만에 칼라반을 봤을 때도 그는 영지민들을 지키기 위해 산악 민족들의 습격을 막고 있었다.

그때도 헤이나는 그 모습을 지켜보며 남몰래 미소를 지었지만 그녀 스스로는 자각하지 못하고 있었다.

그러나 지금 보여주는 칼라반의 모습은 마치 다른 사람을 두고 보는 것 같아 낯설게만 느껴졌다.

"…그래, 이것 또한 너겠지. 내가 모르는 너의 모습도 아직 많을 테니까."

"갑자기 무슨 말을 하는지 모르겠군."

"어쨌거나 나는 분명 저번에 관한 일에 대해 사과했어. 나중에 다른 말 하지 마."

"그럴 일은 없을 거다. 다른 어떤 사과보다 진심이라는 것을 느꼈으니."

"그럼 이제 내가 질문 하나만 해도 돼?"

"궁금한 것도 많군. 질문이 뭔가?"

칼라반이 피식 미소 짓고 말았다.

사실 생각해보면 자신에 대해 이렇게 궁금해 해주는 사람도 드물었다. 그나마 오랫동안 함께 했던 연화도 자신에 대해 무언가 물어보는 사람은 아니었다.

'아니… 오히려 반대였지. 오히려 그때는 내가 그녀에 대해 많은 것들을 물어본 것 같군…….'

그렇게 생각하니 문득 눈앞에 있는 헤이나가 신기하게 느껴지기도 했다.

그러건 말건 그녀는 새삼 진지해진 얼굴로 칼라반과 얼굴을 가까이 했다.

"너, 날 어떻게 생각해?"

생각지도 못한 그녀의 돌직구에 이번엔 칼라반도 당황하고 말았다. 그녀가 어떤 의도에서 이런 말을 던진 것인지 쉽게 짐작이 되질 않았던 것이다.

워낙 어디로 튈지 모르는 성정의 여인이라 더욱 그랬다.

그가 쉽게 답을 못하자 헤이나는 답답하다는 얼굴로 칼라반의 어깨를 붙잡았다.

"아니! 넌 어째서 나에게 도와달라는 말을 하지 않는 거야!? 솔직히 말해서 내가 저기 있는 그 누구보다 더 도움이 될 수 있는 사람 아냐? 내 말이 맞지 않아? 내가 말이야… 내 입으로 말하긴 뭣하지만 실력도 블레이드 후보들 중에서 상위권에 속하는데다 나름 독자적인 세력도 갖추고 있는 어메이징한 여자라고! 내 말 알아들어!?!?"

그녀의 난데없는 말에 칼라반도 멋쩍은 미소를 짓고 말았다. 잠시나마 다른 쪽으로 생각한 자신에게 무안해지는 순간이었다.

"무슨 얘기인지 안다. 네 말대로 헤이나 너는 내게 과분한 사람이지."

"그래! 그런데 왜, 어째서! 나한테는 도와달라는 말을 하지 않는 거냐고!? 솔직히 지금 네 주변에서 가장 널 도와줄 수 있는 사람은 바로 난데!! 이용할 수 있으면 이용하라고 날! 아이씨… 그리고 이걸 꼭 내 입으로 얘길 해야 하나??"

"이미 다 얘기 했…….."

"시끄럽고! 또 그 나를 믿는다는 둥, 너를 믿는다는 둥 그런 이상한 헛소리 할 생각 말고. 지금 이 자리에서 확실하게 얘기해. 너, 그래서 내가 필요해? 안 필요해? 다른 것 다 필요 없고 그것만 말해."

마른 침을 삼키는 그녀의 눈동자와 칼라반의 눈동자가 한데 마주했다.

칼라반이 침묵을 지킨 이 순간은 아주 잠깐의 찰나였지만 헤이나에겐 그 어떤 시간보다 긴 시간처럼 느껴졌다.

칼라반의 깊은 눈동자가 헤이나를 지그시 응시했다. 이번엔 헤이나도 그의 시선을 피하지 않았다.

이윽고 굳게 닫혀 있던 칼라반의 입술이 천천히 열렸다.

그리고 그의 입에서 흘러나온 말은 헤이나의 입꼬리를 절로 올라가게 만들었다.

"네가 필요하다."

"…그래, 그 한 마디면 충분해 난."

헤이나는 황급히 몸을 돌렸다.

그녀는 붉게 상기되고 있는 자신의 얼굴을 들키지 않기 위해 칼라반을 등지고 섰다.

"그 머…먼저 가. 나는 잠깐 밤공기 좀 쐬다 갈 테니까."

"같이 있다 가지."

"아냐. 그럴 필요 없어. 처…천천히 따라갈 테니까… 음… 먼저 들어가서 얘기 좀 나누고 있어."

"…알겠다."

그녀가 거듭 만류하자 칼라반도 이내 발걸음을 돌렸다.

그의 발소리가 점점 멀어져가자 헤이나는 남몰래 작은 한숨을 내쉬었다.

"후우……."

그녀는 아직까지 떨리는 자신의 손을 내려다보았다.

강한 상대를 만나도 떨지 않던 그녀건만 이상하게도 칼라반의 앞에만 서면 밀려오는 긴장으로 몸이 떨렸다.

그녀는 주책맞게 쿵쾅거리는 가슴을 한 손으로 쓸어내리며 밤하늘을 올려다보았다.

"쓰…쓸데없이 눈동자도 이쁘네……."

형제의 사연

"호오… 공민 녀석이 살아 있다고? 어째 서지?"

"제르단이 변심한 것 같습니다."

"하! 하나같이 쓸모없는 것들뿐이로군…….."

콧바람을 뀐 하이데가 먹고 있던 고기를 마저 집어 들었다. 그의 앞에 고개를 숙이고 있던 로테시란스가 다시 입을 열었다.

"어떻게 할까요? 계획에 방해가 될 것 같다면 제가 직접 나서서 처리하도록 하겠습니다."

"아냐. 그럴 필요 없다. 공민은 별 것 아니지만 옆에 헤이나가 같이 있었다며?"

"예. 그녀도 함께 있었습니다."

"쳇… 진짜 사귀는 사이라도 되는 거야 뭐야. 아무튼 공민은 몰라도 헤이나는 귀찮은 존재야. 지금은 공연히 그 여자까지 건드릴 필요 없다. 어차피 놈들이 있는 곳은 아라곤이고, 아라곤에 대한 것들은 끝마쳤으니까."

"그럼 그대로 두실 생각입니까?"

로테시란스의 물음에 하이데가 인상을 구겼다. 그는 질 겅거려 잘 씹히지 않는 부위를 접시에 뱉어냈다.

"놈이 마음에 드는 것은 아니지만 지금은 형의 계획들이 더 중요해. 아라곤에 처박혀 있는 얼간이 녀석까지 신경 쓸 겨를이 없다. 게다가 그쪽에는 발사믹 녀석이 있으니 문제없겠지."

"하긴… 발사믹님이 있는데다 산악 부족들이 곧 아라곤으로의 대규모 습격을 준비하고 있으니 문제없을 것 같아 보이긴 합니다. 설마 그들이 저희들의 일을 굳이 방해하려 들겠습니까만……."

여기까지 말하던 로테시란스는 일전에 칼라반의 말을 기억했다.

그러나 그는 그 말들까지 굳이 하이데에게 전하지는 않았다. 그가 생각하기에 공민은 계획에 차질을 빚을 수 있을만큼 대단한 자가 아니었다.

제 아무리 헤이나가 곁에 있다곤 하지만 헤이나의 세력이 움직이지 않는 이상, 단신의 힘으로 산악 민족들의 습격을 완전히 막아내진 못할 터였다.

"훗. 그렇게 무력감에 빠져보는 것도 나쁘진 않겠군. 나와 너희들의 차이가 뭔지 깨닫게 해주지… 아무튼 크게 신경 쓰지 말고 계획을 진행해라. 나는 이곳에서 마저 일을 끝내야 하니."

"그럼 하르스마이어님께도 그렇게 보고하겠습니다."

로테시란스가 천천히 몸을 돌렸다.

고개를 돌린 그의 시야에는 겁에 질려 있는 귀족들이 보였다. 그들 주위로는 귀족들을 지키기 위해 싸웠던 기사들과 병사들의 시체가 즐비하게 널려 있었다.

"흐음… 베네치스의 노이든 가문도 끝이로군요."

"네…네놈들…!! 대체 이게 무슨 짓이냐! 이런 짓을 벌이고도……."

"시끄럽군."

식사를 마친 하이데가 중년인을 내려다보았다.

그의 시선이 자신에게로 향하자 중년인, 노이든 가문의 가주 맥베리스가 시선을 떨어트렸다.

조금 전까지 하이데가 보여준 공포가 아직도 그의 눈에 비치는 듯 했다.

"으… 악마의 피를 이어받은 너희들이… 어째서 아직까지……!"

"큭큭… 그래 궁금하겠지. 너희가 우리들을 척결하기 위해 가장 선두에 나선 자들이니까. 네놈들의 손에서 벗어날 때 우리도 다짐했다. 언젠가 다시 이곳으로 찾아와 베네치스의 귀족 놈들은 모두 다 죽이겠다고.”

“네놈들의 힘은 위험하다… 그 힘은…….”

“우리도 알고 있다.”

하이데가 손을 들어 올리자 눈이 없는 가고일이 하늘에서 내려왔다. 가고일은 소름끼치는 울음을 흘리며 인간들의 냄새를 맡았다.

“결코 평범한 힘은 아니지. 그런데 봐라, 저주받은 것이라 여겼던 힘이 지금은 이렇게 네놈들에게 복수를 가할 수 있는 축복받은 힘이 되어주었다.”

“안타깝구나… 그때 너희 형제를 모두 죽였어야 했는데……!”

한탄을 금치 못하는 멕베리스의 앞으로 하이데가 다가와 앉았다. 그의 눈동자엔 깊은 분노가 담겨있었다.

“그래도 네놈들에겐 감사한다. 덕분에 우리는 완전히 세상을 등질 수 있었거든.”

“세상을 등진다……?”

“우리 형제는 이 역겨운 운명을 쥐어준 세상에 복수를 할 거다. 이 땅에 서 있는 인간들에게 진짜 지옥이 뭔지 보여주겠어. 같잖은 영웅놀이나 하고 있는 왕과 아크로이어 황제도 마찬가지지. 놈들은 우리들의 분노를 감당해야 할 것이다. 우리가 느꼈던 고통과 절망을 그대로 선사해주마!”

"허허… 몸은 컸어도 생각은 그러지 못했구나. 어린 생각 그대로야…….

"훗… 편할 대로 생각해라. 어차피 네놈들이 우리들의 손에 죽임을 당한다는 것은 변함없는 일이니까."

"하이데… 그리고 하르스마이어… 세상은 너희들이 생각했던 것만큼 녹록치 않다. 또한…….

"닥쳐!! 멕베리스, 당신이 그 같잖은 욕망에 눈이 멀어 우리 가문을 배신했다는 것을 모를 줄 아나?"

하이데가 두 눈을 부라렸다. 그는 멕베리스의 머리채를 잡아 올렸다.

"너희들은 돈에 눈이 멀어 가장 친한 친구라 일컬었던 나의 아버지를 죽이고 어머니를 마녀로 몰아 화형에 처했다. 어디 그뿐인가? 우리 가문 사람들을 잡아다 나무 기둥에 묶어 공개처형식을 거행했다지?"

이를 악문 하이데의 얼굴은 차마 보기 무서워질 정도로 일그러져 있었다.

그러나 멕베리스는 담담히 그런 하이데의 얼굴을 응시하고 있었다.

"그래. 우리가 막대한 돈에 욕심이 멀어 너희들의 정보를 신성 교단 에덴베르크에 넘긴 것은 사실이다. 그런데 정말 그런 이유만 있는 것이라 생각하나? 웃기지마라. 너희 포라스 가문은 미쳤다! 네놈들은 아무렇지도 않게 인간을 죽이고 희열을 느끼질 않더냐! 포라스 가문으로

76

들어간 노예들은 대부분 오래 지나지 않아 죽었다. 그 이유가 뭐라 생각하나?"

"그건 노예 놈들이 약했기 때문이다."

"그래. 보통 사람들이라면 결코 그런 말은 꺼내지 않을 거다… 노예들에게 고문을 가하고 흑마법을 실험하다니… 그런 네놈들을 어찌 가만히 둘 수 있었겠나!?"

"흑마법? 아니, 그것은 우리가 살아가기 위한 방법이었다. 포라스 가문의 피는 저주받았으니까……."

씁쓸한 얼굴로 변한 하이데가 이만 몸을 일으켰다. 그가 손짓하자 가고일이 천천히 움직였다.

"모두 먹어치워라."

"크르르……."

가고일이 미소 짓기 시작했다. 녀석은 큼지막한 손으로 바로 눈앞에 있는 사내를 집어 들었다.

"하이데!!! 하르스마이어!!! 제국의 힘을 얕보지 마라!! 네놈들이 아무리 제국을 향해 분노를 드러낸들, 결코…! 크학……!"

가고일의 손톱이 멕베리스의 목을 꿰뚫었다. 단숨에 목이 꿰뚫린 멕베리스는 그 자리에서 절명하고 말았다.

힘없이 몸이 늘어진 멕베리스를 보며 하이데가 차갑게 몸을 돌렸다.

"웃기지 마라. 세상은 우리 형제의 분노를 몸소 감당해야 할 것이다. 특히나 베네치스의 인간들… 너희만큼은 결코 용서할 수 없다.”

하이데는 그날의 기억을 잊을 수 없었다. 형인 하르스마이어와 어둠을 틈타 죽을힘을 다해 도망쳤던 그때를 말이다. 가족들이 있던 성은 불타오르고 사람들은 포라스 가문의 사람들을 마구 죽여 나갔다.

잘린 머리를 들고 돈을 외치던 사람도 있었다. 그럴 때면 새하얀 사제복을 입은 자들이 돈을 건네주었다.

개중에는 자신들이 믿고 있던 사람들의 모습도 보였다.

해맑게 웃으며 고기를 건네주던 영지 사람들, 함께 사냥에 나서자며 다가왔던 기사들.

그들 모두가 열망과 환희에 가득 찬 눈으로 포라스 가문의 사람들을 한 명이라도 더 찾기 위해 노력했다.

당시 하르스마이어와 하이데는 그런 인간의 또 다른 뒷모습을 보며 분노를 금치 못했었다.

“하이데.”

“말해, 형⋯⋯.”

“나는 강해질 거다. 우리들의 피. 악마와 계약할 수 있는 금지된 힘을 써서라도 저 증오스런 인간들을 죽이겠다.”

그때 하이데는 저도 모르게 하르스마이어 쪽을 바라보았다. 그리고 하르스마이어는 모르고 있었지만 하이데는 그날 분명히 보았다. 형의 눈에서 흐르는 것은 눈물이 아닌 붉은 핏방울이었다.

"쳇… 괜히 그때의 기억들이 떠오르는군…….."

하이데는 혀를 차며 걸음을 옮겼다.

형제의 계획은 이제부터가 시작이었다.

*　*　*

두 명의 사내가 척박한 땅을 걷고 있었다. 말없이 걷던 중 한 명의 사내가 먼저 입을 뗐다.

"저어… 정말 저희 둘만 와도 괜찮은 겁니까?"

"후훗. 무슨 문제라도 있습니까?"

"막상 그곳에 다 와 간다고 생각하니 떨려서 말입니다…….."

"이 정도의 일에 다른 분들을 나서게 할 필요는 없습니다. 또한 이런 일을 하기 위해 제가 주군의 곁에 있는 것이기도 하지요."

파초선을 든 사내, 운량이 미소를 지어보였다. 함께 따라온 한니발은 여전히 걱정이 어린 얼굴을 하고 있었다.

"그나저나 헤이나님이 공민님을 도와주기로 했다는 말을 들었을 때는 순수하게 기뻤는데… 헤이나님의 입에서 그 분의 이름이 나올 줄은 정말 생각지도 못했습니다…….."

한니발은 당시의 기억을 떠올렸다.

칼라반이 들어오고 한참 뒤에서야 헤이나가 돌아왔다.

때마침 그들은 앞으로의 계획에 대한 얘기를 나누고 있었다. 그리고 혹시 모를 상황에 대비한 병력들에 관한 얘기도 나오고 있었는데 이를 듣던 헤이나가 무심코 한 마디 거들었다.

"병력이라면 해결할 수 있는 방법이 있을 것 같은데?"

그녀의 말에 모두가 시선을 집중했다.

유운량이 파초선을 살랑살랑 부치며 그녀를 향해 물었다.

"어떤 방법인지 물어도 되겠습니까?"

"내 수하들을 데려오는 것이 가장 편하고 좋을 방법인 것 같긴 한데… 그렇게 하면 라그나로크에서부터 눈에 띌 거고 무엇보다 시간이 꽤나 걸릴 거야. 그래서 생각해 본거긴 한데."

그녀는 뜸을 들이며 주변을 살폈다. 특히나 그녀의 시선이 칼라반에게서 멈췄다.

"말 해봐라."

"…솔직히 말해서 가능할지 불가능할지는 나도 자신 없어. 다만 원한다면 내가 직접 다녀오도록 할게."

"어떤 방법인지 말씀해주시겠습니까?"

"마침 이곳 근처에 주둔지를 잡고 있는 블레이드가 한 명 있어."

"블레이드요? 하르스마이어 말고 다른 블레이드가 있단 말입니까?"

"본래 이쪽은 하르스마이어의 힘이 미치는 영역이 아니야. 오히려 다른 블레이드의 힘이 미치는 영역이라고."

"그럼 그게 누구지?"

"블레이드 아라카인. 하르스마이어와는 전쟁까지 치른 적이 있을 정도로 사이가 좋지 않은 블레이드야."

"아라카인이라… 그러고 보니 블레이드들에 관해선 잘 모르고 있었군."

"아라카인은 검투사 출신으로 전투를 즐기는 블레이드로 알려져 있어. 게다가 아라카인을 따르는 자들도 대부분 아라카인처럼 검투사 출신들. 그를 따라 전투를 즐기는 호전적인 자들이라 전투가 벌어지는 곳이면 어디든 달려간다는 소문까지 있을 정도야."

"흐음… 그렇다면 이번에 산악 민족과의 전투를 빌미로 그들을 데려오자는 얘기인가?"

"맞아. 아마 내 생각이 맞다면, 이번 일에 대해 얘기만 잘 통해도 아라카인은 분명 흔쾌히 자신의 수하들을 내어 줄 거야. 특히나 하르스마이어와 관련된 일이라면 이부터 갈고 보니까 그 사람은."

헤이나의 설명에 유운량 여유로운 미소와 함께 천천히 입을 열었다.

"그렇다면 제가 다녀오도록 하겠습니다."

"음? 운량 그대가?"

"예. 이번 일은 맡겨주십시오."

"그냥 같이 가는 것이 어떻겠나?"

"후훗. 아닙니다. 혼자가 편할 듯싶군요."

"음… 그럼 혹시 모르니 한니발과 함께 가라."

칼라반의 말에 운량이 한니발을 바라보았다. 한니발이라면 그래도 라그나로크에 몸담은 지 꽤 된 자이니 이것저것 물어볼 수도 있겠다 싶었다.

그를 잠자코 지켜보던 운량이 고개를 끄덕였다.

"알겠습니다. 그렇다면 한니발과 함께 다녀오도록 하겠습니다."

블레이드 아라카인

그렇게 해서 떠나게 된 여정이었다.

헤이나가 알려준 아라카인의 주둔지는 아라곤에서 그리 멀지 않은 곳에 위치해 있었다.

"그나저나 머리를 잘 사용했군요. 사람들이 잘 지나다니지 않는 사막 위에 주둔지를 둘 생각을 하다니… 확실히 찾고자 나서지 않는다면 발견하긴 어렵겠군요."

"전해 듣기로 아라카인님의 주둔지는 커다란 도시 수준을 상회한다고 했습니다. 뿐만 아니라 그곳에 모여 사는 이들도 자그마치 6만 여명 정도나 된다고 들었습니다."

"호오… 그건 정말 대단하군요."

운량은 파초선으로 더위를 식혔다.

순수한 감탄을 내놓는 그의 옆에서 한니발이 궁금증을 참지 못하고 먼저 물었다.

"저어… 그런데 어떤 계획을 갖고 계시는지 여쭈어도 되겠습니까?"

"없습니다."

"예… 예에??"

놀란 얼굴을 하고 있는 한니발을 뒤로 하고 운량은 그저 태평한 모습이었다.

한니발은 운량이 자신 있게 나설 때까지만 해도 운량이 별다른 계획을 갖고 있는 줄로만 알았다.

그러나 지금 보이는 운량의 눈빛은 정말 아무런 계획이 없는 사람처럼 보였다.

"아라카인님은 성격이 불같기로도 유명해서 대화를 나누기에 까다로운 상대라 들었습니다. 그런데 아무런 계획 없이 가도 괜찮겠습니까? 아… 혹시 저를 놀리려 하시는 거라면……."

"후후… 제가 한니발 씨를 놀려서 무엇 하겠습니까?"

"그럼 정말로……."

"때로는 계획이 없는 것이 계획이 있는 것보다 나을 때가 있는 법입니다."

아리송한 말을 남기는 운량의 모습을 보며 한니발은 고

개를 갸웃거렸다. 그는 여전히 염려되는 얼굴을 하고 있었다. 그런 한니발의 마음을 아는지 모르는지 운량은 별다른 말을 덧붙이진 않았다.

그때 그가 먼저 발걸음을 멈추었다.

"벌써 다 와 가는 듯 하군요."

"아······."

그들의 눈앞으로 커다란 도시가 보였다.

이와 함께 일단의 사람들이 그들을 향해 다가왔다. 그들 중 큼지막한 박도를 들고 있는 사내가 운량의 앞에 섰다.

"멈춰라. 이곳은 지나갈 수 없으니 다른 곳으로 돌아가는 게 좋을 거다."

"저희는 저곳에 볼일이 있어서 찾아왔습니다."

"응? 볼일이 있다고? 미리 전해들은 것 없었는데?"

박도를 든 사내가 뒤를 돌아보며 물었다. 다른 이들도 전해들은 바 없는지 고개를 저어보였다.

이에 박도를 든 사내가 미간을 찌푸렸다.

"우리에게 무슨 볼일이 있다는 거지?"

"아라카인님을 만나 뵙고 싶습니다."

스릉!

척―!

운량의 말이 끝나자마자 사내들이 다짜고짜 검을 겨누었다. 한니발은 혹시 모를 상황에 대비하기 위해 검집에 손을 가져갔다. 이를 살핀 사내가 박도를 어깨로 가져가며 코웃음 쳤다.

"이봐 풋내기. 그런 느린 동작으론 어림없다. 그 검을 뽑기도 전에 네놈 목이 날아가는 수가 있어. 그나저나……."

사내는 눈앞의 운량을 바라보았다.

찰나였지만 정말 죽이겠다는 생각으로 박도를 그의 목까지 가져갔지만 운량은 그저 태평한 얼굴로 자신들을 바라보고 있었다.

그는 운량을 아래위로 훑었다. 마땅한 장비를 들고 있는 것도 아니었고 체격이 뛰어난 것도 아니었다.

"홋. 그렇지만 깡 하나는 대단한 자로군. 내 박도가 턱밑까지 가있는데도 움츠러드는 기색 하나 없다니."

"살기가 느껴지진 않았으니까요."

"크하하! 그러다 내 박도가 당신의 목을 날리면 어쩔 뻔했나?"

"그러면 그것 또한 제 운명이라 여겼을 겁니다."

"큭큭… 대책 없는 자로군. 그나저나… 우리 대장에 대해선 어떻게 알고 있는 거지? 과거 이곳에 왔던 전력이 있었나?"

사내는 여전히 경계심이 어린 눈빛으로 운량과 한니발을 살폈다. 운량은 천천히 손을 품 안으로 가져갔다.

스륵!

슥! 처척!

그가 품 안으로 손을 가져가자마자 몇몇 사람들이 자세를 낮췄다. 운량이 무슨 행동을 보일지 몰라 만반의 준비에 들어간 것이다. 그러나 박도를 든 사내는 여유를 보이며 운량의 손을 주목했다.

"호오……."

그의 손에서 꺼내진 것은 라그나로크의 일원임을 증명하는 문장이었다.

한니발도 같은 문장을 보여주었다.

"이제 보니 우리 가족이었군! 이것 참 대뜸 칼을 들이밀어서 미안하게 되었다."

문장을 확인하자마자 사내가 경계를 풀었다. 다른 이들도 장비를 거두어들였다.

그들은 따로 무언가를 확인하려 들지도 않았다.

"내 이름은 가니카스! 아라카인님을 모시는 아들 중 한 명이다."

"아들?"

"아아… 우리는 모두 가족이라는 의미로 아라카인님을 아버지라 부른다. 나는 그 밑에 있는 몇 안 되는 직계 중 한 명이지."

가니카스는 자부심을 드러내며 손가락으로 스스로를 가리켰다. 뒤에 있던 수하들이 손뼉을 치며 맞장구 쳐주었다.

이들의 모습을 보며 운량이 미소 지었다.

"특이한 분들이로군요."

"그나저나… 아무리 가족이라고 해도 우리 아버지를 쉽게 만날 순 없다. 개인적인 부탁으로 찾아온 거냐? 아니면 누군가의 부탁을 받은 건가?"

"저는 블레이드 후보이신 공민님을 모시는 유운량이라고 합니다."

"오오…! 블레이드 후보님을!"

블레이드 후보라는 말이 나오자 가니카스가 눈을 밝혔다.

그뿐만 아니라 다른 이들도 좀 전과는 전혀 다른 눈빛으로 운량을 주목했다.

"공민 블레이드 후보님이시라고! 들어본 적은 없는 이름이로군… 아, 하긴 오랫동안 나는 이곳에 있었으니 못 들어봤을 법도 한 건가. 아무튼! 공민 블레이드 후보님은 어떠신가? 강하신가!?"

가니카스는 마지막 말을 제일 물어보고 싶었던 듯 힘을 주어 말했다. 그의 초롱초롱한 눈빛은 마치 간식을 기다리는 강아지의 그것과 같아 보였다.

웃긴 것은 가니카스뿐만 아니라 다른 이들도 하나같이 비슷한 눈망울들을 하고 있었다.

익숙지 않은 광경에 한니발은 얼떨떨한 표정을 지었고 운량은 묵묵히 고개를 끄덕였다.

나 홀로
이세계 플레이어

"제 주군께서는 누구보다 강하십니다."

"으하하하!! 우리 블레이드 후보님께서 강하시단다!!"

"와아아—!!!"

가니카스가 두 팔을 들어 올리며 좋아하자 다른 이들도 똑같이 환호를 보냈다. 그 모습이 꼭 순수한 어린아이들 같아보였다. 그들은 패기 넘치는 운량의 대답이 썩 마음에 든 듯 보였다.

"그래서! 우리 공민 블레이드 후보님을 모시는 풋내기께서 이곳까지 찾아온 목적은 무엇인가!?"

"아라카인님께 부탁을 드릴 것이 있어서 찾아왔습니다."

"오오—! 그럼 블레이드 후보님의 부탁이겠구만!! 그렇다면 이것은 내가 들을 문제가 아닌 것 같으니 아버지께 데려다 주마! 아… 그런데 알아두어야 할 점이 있다."

"알아두어야 할 점이라니요?"

"현재 우리 아버지의 기분이 그다지 좋지 않으니 말을 할 때는 조심해서 하는 것이 좋을 거야. 아무리 블레이드 후보님을 따르는 자라지만 우리 아버지는 기분이 수틀리면 상대가 누구건……."

가니카스는 손으로 목을 긋는 시늉을 보이며 낮게 가라앉은 목소리로 경고했다. 충분히 위협적인 제스처였지만 운량은 그다지 신경 쓰지 않는 눈치였다.

오히려 그는 두 눈을 빛내며 입을 열었다.

"그것참 살벌한 말씀이시로군요. 명심해두도록 하겠습니다. 헌데… 아라카인님께선 어떤 일로 그리 기분이 좋지 않은지 물어봐도 되겠습니까?"

"음…!? 아 그게… 근래에 이곳으로 몬스터들의 침입이 잦아져서 많아서 말이야. 녀석들도 식량이 부족해진 건지 아니면 우리들이 갖고 있는 식량들이 탐이 나는 건지 이유는 잘 모르겠지만 여간 골칫거리가 아니야."

"흐음… 그렇군요."

운량은 의미모를 미소와 함께 연신 고개를 끄덕였다.

그와 한니발은 가니카스를 따라 사막 도시 가장 중심부로 향했다. 화려하게 지어진 거대한 건물의 문지기들도 가니카스를 보고 고개를 숙였다.

"어서 오십시오, 가니카스님."

"어서 문을 열어라! 아버지의 손님이시다!"

"알겠습니다."

가니카스의 말 한 마디에 거대한 철문이 열렸다.

운량은 건물에 들어서기 전 이곳저곳을 살폈다.

"흐음… 나중에 주군의 거처를 지을 때 참고해야겠군요."

그는 손으로 턱을 매만지며 연신 혼잣말을 중얼거렸다.

운량의 여유로운 태도와는 반대로 한니발은 밀려오는 긴장으로 얼굴이 잔뜩 굳어 있었다.

'지나다니는 사람들만 해도 모두 강해 보이는데 이 사

람들의 대장이라 불리는 아라카인 블레이드님은 대체……'

한니발의 궁금증은 곧바로 풀릴 수 있었다.

가니카스의 안내를 따라 멈춰선 곳에 커다란 의자에 몸을 기대어 앉은 그가 있었기 때문이다.

"호오… 풋내기들이 날 만나겠다고 찾아온 것은 정말 오랜만이로군."

붉은 머리칼을 허리까지 기른 아라카인이 운량과 한니발을 내려다보며 웃었다.

하얀 이빨이 여실히 드러나는 그의 미소를 보며 한니발은 절로 소름이 돋아버렸다.

특히나 라그나로크에 몸을 담은 이후 이렇게 가까이서 블레이드와 마주한 적은 처음 있는 일이었다. 한니발은 슬쩍 아라카인을 올려다보았다. 잠시 아라카인과 눈을 마주쳤을 뿐인데도 오금이 저려오는 느낌이었다.

그가 얼어붙어 버려서 아무 말도 못하고 있는 때 유운량이 먼저 고개를 숙여보였다.

"아라카인님이신가보군요. 처음 뵙겠습니다. 제 이름은 유운량, 공민 블레이드 후보를 주군으로 모시고 있는 자입니다."

"공민? 처음 들어보는 풋내기로군. 너희들은 알고 있나?"

아라카인이 주위를 둘러보며 물었다. 그러나 아라카인

의 곁에 있던 이들은 모두 고개를 저을 뿐이었다.

그때 누군가가 슬쩍 손을 들었다.

"들어본 적이 있다."

"크레이서스 네가? 아, 그러고 보니 너는 우리들 중 가장 최근에 라그나로크에 다녀왔었지."

아라카인은 마저 얘기해보라는 듯 크레이서스를 바라보았다.

정작 크레이서스는 별 것 아니라는 듯 머리를 긁적였다.

"소문으로 들었는데 얼간이라는 별명을 갖고 있는 블레이드 후보였다."

"얼간이?"

"블레이드 후보 서열 중 가장 최하위인 1000위에 머무르고 있는데다… 이번 임무를 받고 나서도 술과 도박에 빠져 사는 자라고 들었는데."

"그래? 재밌군. 그런데 그런 자를 따르는 사람이 있다고?"

"놀랍게도 눈앞에 있군."

아라카인과 크레이서스가 동시에 유운량과 한니발을 바라보았다.

그때 곁에 서 있던 가니카스가 발끈했다.

"뭐야!? 그럼 나한테 거짓말 친 거야!??! 분명 이 친구가 나한테 공민 블레이드 후보님은 강하다고 했는데!?"

"그래?"

"감히 나한테 거짓말을 해!?"

가니카스가 눈에 쌍심지를 켜고 유운량을 노려봤다.

그러나 유운량은 그가 아닌 아라카인을 조용히 응시하고 있었다.

그 모습에 흥미를 느낀 아라카인이 손을 들었다.

"호오… 기다려봐라 가니카스. 어쩌면 세상에 알려진 모습이 거짓말일 수도 있잖아?"

"에?"

아라카인의 말에 가니카스가 정말이냐는 듯 고개를 갸웃거렸다.

그러자 유운량은 어쩔 수 없다는 듯 어깨를 으쓱였다.

"세간에 들리는 풍문과는 다른 분이시로군요."

"날 말하는 거냐?"

"예. 이곳으로 오기 전 아라카인님은 대화보다는 무력을 즐기시는 분이라 들었습니다."

"맞는 말이다. 그 편을 선호하지."

"후후… 그런데 막상 이렇게 마주하니… 무력뿐만 아니라 대화를 나누는 실력 또한 상당하실 것 같습니다."

"그러는 너도 나를 마주한 풋내기 치고 상당히 여유로운 모습이로구나. 다른 놈들과는 다르게 말이야. 분명 그 이상한 것 뒤에 있는 네놈 입은 웃고 있는 것 같은데 그 눈은 웃고 있질 않아."

"과연 대단하시군요. 역시 블레이드 자리에 오르신 분이십니다."

"흥! 나는 너처럼 말이 길어지는 자들을 그다지 좋아하지 않는다. 그리고…….."

후우웅─!

아라카인이 마음먹고 기운을 발산하기 시작하자 엄청난 압박감이 전해져왔다. 그 뿐만 아니라 주변에 있던 아라카인의 수하들도 기세를 달리했다. 그들이 작정하고 기운을 드러내자 대전의 분위기가 숨 막히게 무거워지고 있었다.

"흐읍……!"

도저히 견디기 힘들었던 한니발이 결국 두 손으로 심장을 짚으며 상체를 숙였다.

그러다 그는 유운량의 뒷모습을 바라보았다. 분명 같은 압박감을 받고 있을 텐데도 운량은 꼿꼿이 서서 아라카인을 마주하고 있었다. 그는 아라카인의 기운에 버티고서 있지만 부들거리고 있는 운량의 팔과 다리를 보았다.

그러나 운량은 마치 자존심을 꺾지 않으려는 것처럼 아라카인과 똑바로 마주섰다.

"호오… 제법이구나. 제대로 된 수련조차 하지 않아 보이는 풋내기가 의지만으로 나의 투기를 견뎌내려 들다니. 네놈은 내게 감히 부탁을 말할 자격이 있어 보이는구나."

아라카인이 투기를 거두어들이자 전신을 옥죄어오던 압박감이 사라졌다. 그때서야 운량은 숨을 고를 수 있었다.

 그러나 여전히 그는 흐트러짐 없는 태도를 유지하고 있었다.

 그 모습이 더욱 아라카인의 흥미를 자극케 했다.

 "어디 한 번 말해봐라. 무슨 일로 나를 찾아온 거냐?"

유운량의 진가

그라다 산맥으로 접어드는 길목 앞에서 일단의 무리가 서 있었다.

그들은 누군가를 기다리는 것처럼 연신 한쪽 길로 시선을 돌렸다. 그러나 그들이 바라보는 길로는 작은 들짐승 한 마리조차 보이질 않았다.

"약속한 시간이 다 되어 가는데… 혹시 실패한 것 아냐? 지금이라도 내가 다른 방법을 찾아볼까?"

"아니. 그럴 필요 없다."

"너무 과신하고 있는 것 아냐? 아라카인은 어디로 튈지 모르는 자야. 혹시 모를 일이 생길지도 모르는 거라고."

"과신이 아니다. 운량이라면 분명 정해진 시간까지 병력들을 이끌고 이곳으로 올 거다."

단호한 칼라반의 말에 헤이나가 입술을 삐쭉 내밀면서도 더는 무어라 말을 덧붙이지 않았다.

그 후로도 시간은 계속해서 흘러갔다.

점차 해가 가라앉기 시작하자 커다란 바위에 앉아 있던 세오나가 몸을 일으켰다.

"더는 시간만 보낼 수 없다. 곧 있으면 곰 부족이 나머지 산악 민족들을 모아 아라곤으로 향하려 할지도 몰라."

그녀는 한쪽 벽에 기대어 앉은 칼라반을 바라보았다. 세오나의 말에 제르단과 헤이나도 서서히 몸을 일으켰다.

칼라반은 내기를 운용하며 청각에 집중했다. 꾸준한 수련으로 새롭게 얻은 스킬이 있었다.

[천리지청술(千里地聽術) 스킬을 발동합니다.]

천리지청술이 발동되자 칼라반을 중심으로 시야를 벗어난 곳까지의 소리들이 모두 들려왔다.

그중 귓가에 들려오는 수많은 발걸음 소리에 집중했다.

"알았다. 마침 기다리던 자들도 오는 모양이로군."

"예?"

"그게 무슨 말이야? 아무도 보이질 않는데?"

제르단과 헤이나가 무슨 말인지 몰라 되물었다.

칼라반은 설명 대신 직접 보라는 듯 한쪽을 가리켰다. 모두가 그쪽을 바라봤지만 누구도 모습을 드러내지 않았다.

그러던 중 세오나가 먼저 알아차렸다.

"과연… 누군가 다가온다."

그녀의 말이 끝나고 얼마 지나지 않아 일단의 무리가 이곳으로 다가왔다.

가장 선두엔 유운량과 한니발의 모습이 보였으며, 그들의 옆에는 가니카스가 함께 걸어오고 있었다.

유운량은 칼라반을 보자마자 공손히 예를 갖추었다.

"조금 늦은 것은 아닌지 모르겠습니다."

"아니다. 마침 적절한 시기에 도착한 것 같군."

"오오! 이분이 바로 공민 블레이드 후보님이신가보군! 처음 뵙겠습니다. 제 이름은 가니카스라고 합니다!"

가니카스가 화통을 삶아먹은 것 같은 커다란 목소리로 외쳤다.

그의 외침에 오히려 헤이나가 놀란 얼굴을 하고 있었다.

"가니카스? 가니카스라면 아라카인의 친위대 중 한 명이잖아?"

"오오! 나를 알고 있다니!? 실례지만 아름다운 아가씨

께선 누구신지……."

가니카스가 슬며시 운량을 바라보며 물었다.

그는 부드러운 미소와 함께 헤이나를 소개해주었다.

"저분이 바로 헤이나님이십니다."

"으아아—!! 이분이 바로 헤이나 블레이드 후보님! 이 것 참 처음 뵙겠습니다. 소문은 많이 들었지만 이렇게 아름다우신 분인 줄은 몰랐습니다!! 제가 바그나드에만 갇혀 살다보니……."

가니카스는 경박해 보이는 몸짓을 하면서도 예를 갖출 건 다 갖추고 있었다. 그러면서도 그는 헤이나의 미모에 감탄하고 또 감탄했다.

가니카스뿐만 아니라 그의 수하들도 헤이나에게서 시선을 거두질 못하고 있었다.

이런 인기가 싫지만은 않았는지 헤이나는 도도하게 턱을 치켜들며 칼라반을 바라봤다.

그러나 정작 칼라반은 무신경한 눈치였다.

세오나가 그런 칼라반의 곁으로 다가왔다.

"수를 세어보니 대략 500명 정도 온 것 같은데… 아무리 놈들의 시선을 돌리기 위함이라지만 숫자가 너무 적은 것 아닌가? 그곳에 주둔하고 있는 곰 부족 전사만 해도 4000명은 넘을 거다."

"크하하!!! 걱정마라. 전투에 있어서 숫자는 그리 중요치 않다. 그보다 중요한 것은 바로 실력 아니겠나. 우리가 어떤 역할을 하면 되는지는 여기 오면서 유운량 친구에게 들었으니 맡겨만 두라고! 우리가 받은 은혜는 배로 갚아줄 테니 말이야."

가니카스가 호탕하게 웃으며 자신감을 드러내었다.

칼라반의 시선이 운량에게로 향했다.

"은혜?"

"후훗. 가면서 차차 말씀드리겠습니다."

"아, 그리고! 저희는 이곳으로 물자를 전달하기 위해 온 것입니다. 보시다시피 말입니다."

가니카스는 중앙에 놓여져 있는 큼지막한 상자들을 가리키며 말했다.

내용물이 들어 있지 않은 빈 상자들이었다.

"후후, 들어보십시오. 누군가 마침 저희들에게 도움을 요청해서 물자들을 가져다주고 있었는데… 아니, 이런! 그 길목을 산악 민족들이 딱! 가로막고 있지 뭡니까!? 블레이드 후보님께 가는 이 소중한 물자들을 지켜야하는 저희로선 어쩔 수 없이 산악 민족들이 머물고 있는 장소를 지나야 하고, 그들이 우리를 건드리지 않는다면 아무 일도 없겠지만 만일 그들이 우리를 건드리기라도 한다면……."

가니카스가 한쪽 눈을 찡그리며 운량에게 신호를 보냈다.

사실 이런 상황도 운량이 생각해낸 것이었다.

"후후… 이렇게 도움을 주셔서 정말 감사드립니다."

"겨우 이 정도 가지고! 운량 친구가 우리에게 해준 것에 비하면 별로 힘든 것도 아니지. 게다가 덕분에 아라카인님의 기분이 좋아져서 우리도 덩달아 기쁘다고. 크하하하!"

가니카스가 연신 손사래를 치며 말했다.

반면 한니발은 그때의 기억을 떠올리며 남몰래 한숨을 내쉬었다. 다시 생각해도 아찔했던 순간이었다.

이 모습을 지켜 본 헤이나가 한니발에게 넌지시 물었다.

"대체 어떤 일이 있었던 거야?"

"말도 마십시오… 그게……."

한니발은 과거를 떠올리며 천천히 말을 이어갔다.

그때 당시 아라카인이 유운량에게 부탁할 것이 무엇이냐고 묻자 유운량은 당당하게 얘기했다.

"아라카인님의 병력을 빌려주십시오."

"병력을?"

아라카인이 흥미로워하는 표정을 보이자 유운량은 전후 사정을 설명했다.

그 얘기를 다 듣고 났을 때 아라카인은 그저 멍하니 운량과 한니발을 바라보고 있을 뿐이었다.

이윽고 그의 입에서 나온 말은 예상과는 다른 말이었다.

"불가능하다. 하르스마이어의 계획을 방해할 수 있다는 것은 굉장히 흥미로운 일이지만, 단지 그 이유만으로는 지금 같은 상황에 병력을 내어주기엔 부족해. 뿐만 아니라 아무런 대가 없이 풋내기들을 도와줄 정도로 우리들은 착해 빠지지도 않았다."

"대가라면 어떤 대가를 말씀하시는지요? 원하는 것이 있다면 말씀해주십시오."

"크하하! 풋내기에 불과한 너희들이 나에게 줄 수 있는 것이 뭐가 있지? 돈이라도 줄 텐가?"

"후후. 아라카인님께서 머물고 계시는 커다란 건물과 곳곳에 널려 있는 화려한 장식물들, 뿐만 아니라 이곳으로 오는 동안 마주쳤던 사람들의 혈색도 굉장히 좋아 보이더군요. 그것은 이곳 사람들이 부족함 없이 풍족한 생활을 영위하고 있다는 반증이기도 하겠지요. 결국 물질이 부족해보이지는 않았습니다. 그러니 돈을 드린다 해서 아라카인님께선 썩 반기실 것 같진 않군요."

유운량이 막힘없는 대답을 내놓았다.

그의 답이 마음에 들었는지 아라카인이 흡족한 미소와 함께 고개를 주억거렸다.

"제법이구나. 그럼 뭘 줄 테냐? 들어보고 마음에 드는 조건이라면 병력을 내어주도록 하겠다. 뭐… 내 마음에 아주 쏙 들기만 한다면 기꺼이 더한 것도 내어줄 수도 있다."

"그것 참 감사한 말씀이로군요."

"감사한지 아닌지는 너의 말을 들어보고 판단하면 될 일이지. 그래서 너는 내게 무엇을 대가로 줄 수 있겠나?"

아라카인이 부리부리한 눈매로 유운량을 응시했고, 한니발은 마땅히 떠오르는 것이 없어 그저 안절부절 하고 있었다.

옆에 있는 자신도 입이 바짝 마르고 있었는데 아라카인의 시선을 정면으로 받고 있는 유운량의 심정은 어떠할지 상상조차 가질 않았다.

그러나 정작 유운량은 입가에 미소를 지우지 않고 있었다. 그는 이미 생각해둔 것이 있었다는 듯 곧바로 입을 열었다.

"제가 아라카인님의 골칫거리를 해결해드릴 수 있을 것 같습니다."

"뭐라? 호오… 내게 골칫거리가 있다 생각하는 거냐? 그게 뭔지 말해봐라."

"이곳으로 오는 길에 들었습니다만… 근래 몬스터들의 침입이 잦아졌다 들었습니다. 그렇다면 그 몬스터들을 막기 위해 늘 병사들을 운용해야 했을 겁니다. 거기다 가니카스님의 말에 따르면 몬스터들의 습격 횟수가 최근 더 잦아진데다 규모도 커지고 있다 들었습니다만 맞습니까?"

아라카인의 시선이 가니카스에게로 향했다. 괜한 것을 왜 얘기하고 다닌 다는 힐책어린 눈빛이었다.

그러나 그에게 딱히 무어라 질책하진 않았다.

가니카스는 괜한 헛기침과 함께 아라카인의 시선을 슬쩍 피해버렸다.

"그래, 솔직하게 말해서 요즘 그 문제가 더욱 나의 골칫거리로 들어서긴 했다. 몬스터들 때문에 잦은 피해가 발생하기 시작했고, 그 피해를 막기 위해서라도 병력들을 근처에 배치해두어야 한다. 나의 병사들은 하나 같이 강한 실력들을 보유하고 있기 때문에 몬스터들을 상대함에 있어서 문제는 없다. 다만……."

"언제까지고 그 병력들을 그곳에 주둔시킬 수는 없는 노릇이겠지요. 결국 몬스터들 때문에 많은 병력들이 묶여 있는 꼴이 되고만 것이니까요. 그렇지 않습니까?"

"너의 말이 맞다."

"그렇다면 그것을 제가 어느 정도 해결해드리도록 하겠습니다."

유운량의 말에 아라카인은 물론 이곳에 있는 모두가 놀란 표정들을 지었다. 자신에 찬 대답이 너무 간단히 나와버린 것이다.

그의 말에 아라카인이 한쪽 눈썹을 치켜 올렸다.

"재밌군. 네가 어떻게 해결해주겠다는 거지?"

"요는 몬스터들이 이곳으로 침입하지 못하도록 만드는

것이 중요한 것 아니겠습니까? 제가 그것을 막아드리겠습니다."

"하아? 너 혼자서 말이냐? 크하하!!! 네가 나서서 몬스터들을 모두 죽이기라도 하겠다는 말이냐?"

아라카인의 말에 모두가 웃음을 터트렸다.

그러나 그들의 얼굴에서 그 웃음이 사라지는 데엔 그리 오랜 기간이 걸리지 않았다.

단 삼 일.

그 삼 일만에 유운량은 아라카인의 도시로 침입해 들어오는 몬스터들의 습격을 대부분 막아내었다.

아니, 정확히 말하자면 그 횟수가 현격히 줄어들게 만들었다는 말이 옳았다.

하루에도 수차례나 습격해 오던 몬스터들이 이제는 그 모습조차 보이질 않았다.

이 믿을 수 없는 결과에 아라카인뿐만 아니라 그의 측근들까지 모두 얼빠진 얼굴을 하고 말았다.

그들은 유운량의 말을 기억했다.

"만약 삼 일이 지난 후에도 계속해서 몬스터들의 습격이 잦다면 그때는 제 목숨을 거두어 가셔도 좋습니다. 그러나 삼 일 후 몬스터들의 습격이 적어졌다는 것을 실감하신다면 아라카인님께선 제가 내건 목숨의 값어치만큼 병력을 내어주시면 감사하겠습니다."

당시엔 담담하게 말하는 유운량을 보며 모두가 비웃음

을 흘렸지만 지금은 아니었다.

아라카인을 비롯한 그의 최측근도 결코 유운량을 가벼이 여기지 않았다. 오히려 그들은 이후 눈빛을 달리하며 유운량과 친해지려 노력했다.

5년이었다.

자그마치 5년 동안이나 아라카인이 세운 도시 바그라드를 괴롭혀 온 문제를 단 3일 만에 해결해 주었으니 그들의 태도가 이렇듯 바뀐 것도 이상할 것이 없었다.

특히나 아라카인의 경우 유운량이 떠나가기 전 그를 수하로 거두고 싶다는 말까지 전해왔었다.

그러나 유운량은 그의 제안도 공손히 거절했다.

"죄송합니다만… 저는 이미 모시고 있는 주군이 있습니다."

"그렇다면 그 공민이라는 자의 목을 베면 내게 올 것인가?"

"후후, 첫째로는 그런 일이 벌어지지 않도록 제가 사력을 다해 막을 것이며, 둘째로는 설사 그런 일이 벌어진다 한들 저는 저승으로 간 주군을 모시기 위해 스스로 목숨을 끊을 것입니다."

유운량의 단호한 태도에 아라카인은 그저 입맛만 다실 수밖에 없었다.

이런 모습을 보고 있자면 추후 자신들의 일에 걸림돌이 될 만한 인물이 될 수 있다는 생각이 피어오르면서도 한

편으로는 탐나는 인재라는 생각이 들어 아까워지기도 했다.

그래서 결국 그는 과감한 결단을 내려주었다.

유운량이 자신의 밑으로 들어오진 않는다 하더라도, 우선 그의 환심만이라도 사둘 생각이었던 것이다.

본격적인 계획

"가니카스!"

"예, 아버지."

"너는 여기 있는 이 녀석들을 데리고 이 자를 도와주고
와라."

"에? 하지만 아버지… 여기에 있는 자들은 모두 아버지
의 친위대이질 않습니까……?"

"크하하! 몬스터들의 습격도 없어지고 여기 있는 나를
공격해올 간덩이 부은 녀석도 없는데 뭐 어떠냐! 거기다
간만에 하르스마이어를 괴롭히는 일이니 더욱 힘을 실어
주고 싶어졌다. 어떠냐. 풋내기, 아니, 유운량."

아라카인이 유운량을 내려다보았다.

그가 유운량을 풋내기가 아닌 이름으로 부른 것은 이곳으로 온 뒤 처음 있는 일이기도 했다.

"이것이 내가 생각한 너의 목숨 값이다."

유운량은 아라카인의 말에 아무 말 않고 빙그레 미소만 지어보였다.

아라카인과 다른 인물들은 모두 유운량이 감격스러움에 아무 말 못하고 웃고만 있는 것이라 생각했지만 당시 무슨 생각을 하고 있었는지는 유운량 본인만이 알 수 있었다.

한니발은 이러한 이유로 아라카인이 유운량에게 기꺼이 병력을, 그것도 자신의 친위대를 내주었다는 말을 전해주었다.

그의 말을 들은 모두가 유운량을 바라보았다.

특히나 궁금증을 참아내지 못한 제르단이 곧바로 질문을 던졌다.

"대체 어떻게 한 겁니까?"

"무엇을요?"

"그 몬스터들의 습격을 막은 방법 말입니다. 대체 어떻게 한 거예요?"

"간단합니다. 그저 몬스터들이 길을 잃도록 조치해두었을 뿐입니다."

"길을 잃도록요?"

"예. 팔방미로진(八方迷路陣)이라는 간단한 마법진이라고 해두지요. 제가 설치해 둔 마법진 안으로 들어서는 순간 몬스터들은 방향 감각을 잃고 길을 헤매게 되는 겁니다. 결국 몬스터들은 길을 헤매다 왔던 곳으로 다시 돌아가게 되는 거지요."

"아아… 그래서 삼 일 동안 바쁘게 이곳저곳을 돌아다녔던 거로군! 마법진을 설치하느라!"

가니카스가 손뼉을 치며 소리쳤다. 그는 유운량을 향해 엄지손가락을 치켜들었다.

그동안 유운량이 어떻게 한 것인지 말해주지 않았기 때문에 아라카인과 다른 이들도 모르고 있던 사실이었다.

궁금하긴 했지만 그렇다고 자세히 물어보기엔 그들의 자존심이 허락지 않았다. 이제야 비밀이 풀리자 가니카스는 막혔던 가슴이 뻥 뚫린 기분이었다.

"흐흐, 가서 아버지랑 다른 형제들에게 자랑 좀 해야겠어. 다들 모르고 있는 걸 나만 알게 되니 너무 신나잖아."

뭐가 그리 즐거운지 가니카스는 계속해서 웃음을 흘리고 있었다.

칼라반이 운량의 어깨를 다독여주었다.

"수고 많았다, 운량."

"해야 할 일을 하고 온 것뿐입니다."

"자, 그럼 모두가 한 자리에 모였으니 이제 구체적인 계획을 말해볼까."

칼라반은 우선 가니카스와 친위대 그리고 헤이나를 바라보았다.

"그대들은 모두 곰 부족 주둔지 초입부분으로 향한다. 그곳에서 최대한 소란을 일으키는 것이 그대들의 주된 임무가 될 거다."

"흐음… 단순히 소란을 일으키기만 하면 되는 겁니까?"

"곰 부족의 시선이 너희들에게로 집중되면, 안쪽에 있던 곰 부족의 전사들도 침입자를 상대하기 위해 초입으로 향하게 되겠지. 그러면 결국 안쪽 주둔지에는 최소한의 병력만 남게 된다. 그 틈을 타 곰 부족에 잡혀 있는 인질들을 구한다."

"호오, 간단해서 좋습니다! 그러면 제법 거나하게 놀아드려야겠군요. 그곳에 있는 병력이 대충 얼마쯤 된다 했었지요?"

"초입 부분에는 대략 3000명에서 4000명 정도 있을 거야. 하지만 조심하는 게 좋아. 거기에는 하르스마이어라는 놈의 수하들도 있다. 그들이 얼마나 있는지는 나도 정확히 알지 못해."

가니카스의 질문에 대한 답은 세오나가 대신 해주었다.

그녀는 친절하게 땅에 그림까지 그려가며 설명해주었다.

"나와 공민, 나머지 인원들은 여기 있는 샛길을 이용해 곰 부족의 안쪽 주둔지 근처에 다가가 있을 거야. 안쪽에 주둔해 있던 곰 부족 전사들이 빠져나가면 그때 우리도 움직인다. 감옥 안에 갇혀 있는 인질들뿐만 아니라……."

"세키라드라는 자도 구해야 한다는 말이겠지?"

칼라반의 물음에 세오나가 고개를 끄덕였다.

그리곤 다시 나무막대기를 이용해 도주로를 그렸다.

"그리고 우리들이 인질들을 모두 구출하는데 성공하면 이 길을 통해 빠져나가면 된다. 곰 부족이 뒤늦게 알아차린다 해도 이쪽 길이라면 비좁고 험난하기 때문에 따라오기가 쉽지 않을 거다."

"한 가지 묻고 싶은 것이 있는데."

"묻고 싶은 것? 그게 뭐지?"

"만약 세키라드라는 전사가 너희와 함께 하고 늑대 부족민들까지 모두 모인다면 곰 부족을 충분히 이길 수 있겠나?"

"당연하지. 외부인의 간섭만 없다면 우리 늑대들은 결코 지지 않는다."

자신감에 가득 찬 그녀의 말에 칼라반이 고개를 끄덕였다.

그도 결정을 내렸다.

"그렇다면 그렇게 하지."

"뭐?"

칼라반은 세오나가 그려놓은 도주로를 거침없이 지워 버렸다. 그리곤 세오나의 눈을 똑바로 바라봤다.

"일전에 세오나 너는 내게 말했었지. 가족들을 구하고 나면 그 누구도 너희 늑대 부족을 얕잡아 볼 수 없도록, 다시는 이런 일에 휘말리지 않는 강한 부족으로 만들 거라고."

"그래, 그렇게 말했지. 분명히 기억해."

"그렇다면 이번 일을 시작으로 칸이 되는 것은 어떻겠나?"

"……."

"너희들이 말하는 외부인의 일은 똑같은 외부인인 우리가 해결해주도록 하겠다. 그러니 산악 부족인 너희들은 너희들만의 전쟁을 치러라. 그리곤 당당하게 늑대들의 승리를 알리는 거다."

"…마음에 드는 말이네. 좋다, 두고 봐라. 곰과 늑대의 전쟁은 늑대의 승리로 끝날 테니까."

"후훗. 기대하겠다."

"으하하하!! 이거 일이 점점 더 재밌어지는군요!!"

가니카스가 호탕하게 웃어젖혔다.

그의 웃음이 계속되고 나머지 구체적인 계획들이 짜여졌다. 세오나는 자신이 보았던 감옥들의 위치를 알려주었다.

그러나 단 한 명. 세키라드가 갇혀 있는 곳에 관해서는 그녀도 자신 없어하는 모습을 보였다.

"내 짐작이 맞다면 세키라드는 곰의 정원이라 불리는 곳에 갇혀 있을 거다. 곰의 정원은 곰 부족들이 신성하게 여기는 장소이기 때문에 나도 한 번도 가본 적이 없는 장소다. 다만 어느 곳에 있을지 위치 정도만 짐작해볼 수 있을 뿐이지."

그녀는 곰 부족 주둔지로 표시해놓은 곳으로 막대기를 가져갔다. 그곳에서도 더욱 산 깊숙한 쪽을 막대기로 짚으며 원을 그렸다.

"내가 생각하는 곰의 정원은 이쪽. 아닐 수도 있겠지만 거의 확신한다. 어쨌든 이 부근인 것엔 틀림없으니까. 그리고 미리 말해두지만 이곳이 어떤 장소인지는 나도 정확히 몰라."

세오나는 다시 한 번 경고를 보냈다.

칼라반도 진중한 눈빛으로 세오나가 그려놓은 지도를 훑었다.

"이곳은 내가 다녀오도록 하겠다."

"네가?"

"너는 너의 가족들을 구해라."

"하지만 곰의 정원에 어떤 위험이 있을지는… 곰 부족들에게 신성시 되는 장소이니만큼 아마 그곳을 지키고 있는 전사들도 있을 수 있어. 그러니……."

"그럼 내가 같이 갈게!"

혹시나 세오나가 칼라반과 함께 간다고 말할까 싶어 헤이나가 먼저 선수 쳤다.

그녀는 일부러 칼라반의 옆에 붙어 섰다.

"혹시나 공민에게 무슨 일이 생기면 안 되잖아? 그러니까 내가 함께 다녀올게. 어때, 괜찮지?"

그녀는 세오나와 유운량을 바라보며 물었다.

세오나는 뭔가 할 말이 있어보였지만 유운량은 순순히 고개를 끄덕였다.

"좋습니다. 헤이나님께서 함께 해주신다면 그것만큼 든든한 일도 없지요."

"됐네. 그럼 내가 함께 다녀오는 걸로!"

헤이나는 다른 말이 나오지 않도록 곧바로 못박아버렸다.

세오나도 하는 수 없다는 듯 어깨를 으쓱였다. 대신 그녀는 칼라반에게 자신의 목걸이를 내주었다.

"좋다. 그럼 대신해서 이걸 가져가라."

"이건……."

"혹시나 세키라드가 너희들을 믿지 못할 수도 있으니 그땐 그걸 보여주면 될 거다."

"이걸 보고 더 흥분할 수도 있지 않겠나? 너를 죽이고 갈취한 물건이라고 생각할 수도 있질 않나."

"그럴 일은 없어. 어차피 그 목걸이는 늑대 부족의 족장을 상징하는 물건이니까. 세키라드라면 그 목걸이를 보자마자 따를 거야."

"그런가… 후후 그럼 곰 사냥을 시작해보도록 할까."

＊　＊　＊

나른하게 낮잠을 즐기고 있던 갈로흐는 시끄러운 소리에 잠에서 깼다.

그는 곰 부족 내에서 주목 받고 있는 젊은 전사로 상당한 전투 실력을 지니고 있었다.

힘이 우선시 되는 곰 부족인 만큼, 갈로흐는 자신의 몸집만한 바위도 거뜬히 들 수 있을 정도로 강한 힘까지 지니고 있었다.

그와 힘 씨름을 한 전사들 몇몇은 팔이나 다리가 불구가 될 정도였으니 힘이 얼마나 센지는 두말할 필요가 없었다.

이 정도의 힘과 뛰어난 전투 실력까지 겸비하고 있었기에 동료 전사들은 그를 두려워했다. 그런 만큼 자신이 낮잠을 자고 있을 때는 조용히 있어야 했다.

그러나 어찌된 일인지 지금은 소란이 끊이질 않았다.

"뭐냐. 누가 감히 내 단잠을 방해하는 거야?"

갈로흐가 눈살을 찌푸리며 몸을 일으켰다. 그가 일어나자마자 동료 전사 한 명이 달려왔다.

"갈로흐. 문제가 생겼다."

"문제?"

"대륙인들이 우리들의 영역을 지나가려 한다. 어떻게 해야 하지?"

"지금 당연한 걸 뭘 물어보고 있는 거야!? 못 지나가게 해야지! 어떤 정신 나간 놈들이 산악 부족의 길을 이용하려 들어!?!?"

갈로흐가 짜증을 내기 시작하자 사내가 절로 몸을 움츠렸다. 혹시나 그 불똥이 자신에게 튀진 않을까 싶어 몸을 사린 것이다.

그러나 다행히 갈로흐는 사내를 어찌할 생각이 없어보였다. 오히려 그는 근처에 두었던 돌도끼를 집어 들며 앞장섰다.

"어디냐? 안내해라."

"알겠다."

사내는 갈로흐를 데리고 대륙인들이 있는 곳으로 향했다. 갈로흐는 그곳에 도착하자마자 눈매를 좁혔다.

가장 먼저 커다란 수레들이 눈에 띄었다. 수레 근처에 있는 모두가 대륙인들이었다. 가려놓긴 했지만 곳곳에 비치는 화려한 빛들로 보아 수레 안에는 보석이나 진귀한 것들이 들어가 있는 것으로 보였다.

갈로흐는 수레보다 우선 대륙인들의 면면들을 살폈다. 그들에게 중요한 것은 보석 따위가 아니었다.

산악 부족들은 먹을 것이나 당장 사용할 수 있는 장비들을 가장 중요하게 여겼기 때문에 보석 같은 건 이미 시선 밖이었다.

"너희는 누구냐!?"

갈로흐가 다가오자 곰 부족민들이 길을 비켜주었다.

그가 이곳의 대장 격임을 암묵적으로 나타낸 것이다.

가장 선두에 있던 가니카스가 그를 보며 입꼬리를 말아올렸다.

"우리 언어를 말할 수 있나?"

가니카스의 물음에 갈로흐가 옆으로 고갯짓을 날렸다.

그러자 대륙어를 알고 있는 늑대족 소녀가 끌려나왔다.

그녀는 가니카스의 말을 산민족어로 알려주었다.

"너희는 왜 이곳을 지나가려 하는 거냐?"

"급하게 갈 곳이 있다. 시간이 촉박해 부득이하게 이곳으로 지나가려 한다. 지나가게 해줬으면 좋겠군."

"하아!? 어림없는 소리! 이곳은 우리 산민족의 영역이다. 지금이라도 돌아선다면 목숨만은 살려 줄 테니 이만 돌아가라."

갈로흐가 일부러 무게를 잡으며 말했다. 소녀는 그런 갈로흐의 말을 그대로 전해주었다.

그러자 대륙인들이 웃음을 터트렸다. 그 모습에 갈로흐가 발끈하려는 때 누군가 그의 옆으로 다가왔다.

"여기는 내게 맡기지."

짙은 갈색 후드를 깊게 눌러쓴 사내가 가니카스의 앞으로 섰다. 그는 일부러 후드를 넘기며 자신의 얼굴을 보여주었다. 후드 속에서 드러난 사내의 얼굴은 말끔했다.

산민족들은 대부분 몸이나 얼굴에 해괴한 문양들을 새겨 넣었다. 그러나 사내의 몸 다른 곳 어디에도 산악 민족 특유의 해괴한 문양은 보이지 않았다.

즉, 그는 대륙인이라는 얘기였다.

사내가 두 팔을 벌리며 입을 열었다.

"보다시피 저는 여러분과 같은 제국인입니다. 실례지만 어느 가문의 분들인지 말씀해주실 수 있겠습니까?"

습격

"그걸 당신이 알아서 무엇 하려는 겁니까?"

"제가 도와드릴 수 있을 것 같아서 말입니다. 저는 산악 민족들과 대화가 가능하니까 원하시는 것을 부탁해볼 수 있습니다."

"크흠… 우린 버핀 가문에서 온 자들입니다."

"버핀 가문이라면… 아라곤 영지의 워렌 백작님 가문이 아닙니까? 그럼 혹시 이곳을 지나가려는 이유가 무엇인지 물어봐도 되겠습니까?"

사내의 물음에 가니카스가 일부러 얼굴을 굳혔다.

그는 경계심 가득한 얼굴로 사내의 위아래를 훑었다.

덕분에 사내는 가니카스를 경험 없는 기사쯤으로 생각하고 있었다.

겨우 이유 하나 묻는 질문에 저렇듯 굳은 얼굴을 보이는 것이 영락없는 초보 기사의 모습이었기 때문이다.

'하기사 아라곤 영지의 버펀 가문이라면… 별 볼일 없는 가문이 아닌가?'

게다가 뒤에 있는 사내들의 행색도 별반 좋아보이진 않아보였다.

그저 귀족 가문의 행렬 수준으로 구색 정도만 갖춘 정도였다.

그러나 한 가지. 사내로 하여금 신경 쓰이도록 만드는 것이 있었다.

바로 짐을 실은 수레의 존재였다.

짐승의 가죽들로 위쪽을 덮어두긴 했지만 그 사이로 비치는 형형색색의 것들은 틀림없는 보석들이었다.

'저건 좀 탐나는군…….'

가니카스는 잠시나마 사내의 눈에 내비춰진 탐욕스런 시선을 읽었다. 이를 확인한 가니카스가 남몰래 회심의 미소를 지었다.

사내는 마치 아무 일 없었다는 듯 헛기침을 해대었다.

"이유를 알지 못하면 여러분들이 이곳을 지나가게 해달라 부탁할 수가 없습니다. 그러니 말씀해주시겠습니까? 대략적인 이유라도 좋습니다."

"흐음……."

가니카스는 일부러 고민하는 척 입술을 질끈 깨물었다. 그때 뒤에 있던 제르단이 그의 곁으로 다가왔다.

"그냥 솔직하게 말하고 도움을 구하는 것이 어떻겠습니까? 그렇지 않으면 저들이 순순히 길을 터줄 것 같지 않습니다."

"크흠… 우리가 이유를 알려주면 정말로 도와줄 수 있겠습니까?"

제르단과 가니카스의 호흡은 척척 들어맞았다.

그가 망설이는 듯 보이자 사내가 한껏 사람 좋은 미소를 지어보였다.

"물론입니다. 여러분들은 운이 좋은 겁니다. 제가 사정이 있어 이곳에 머물고 있으나 이들과의 사이는 나쁘지 않은 편이거든요. 그러니 여러분들이 이곳을 지나가게 해달라는 부탁쯤이라면 이들도 들어줄 수 있을 겁니다."

"그렇군요… 그렇다면 말씀드리겠습니다. 저희는 지금 베네치스에 군자금을 전달하러 가는 길입니다."

"베네치스에요? 갑자기 베네치스에는 왜……."

사내는 잠시 생각에 잠겼다.

확실히 아라곤 영지에서 베네치스로 곧장 향하려면 이 길을 지나는 것이 가장 빠르긴 했다.

그러나 이들이 갑자기 왜 베네치스로 향한단 말인가?

그의 머릿속에서 의문이 떠나질 않을 때 가니카스가 말을 덧붙여주었다.

사실 바그라드에 있을 때 아라카인에게서 주워들은 말이긴 했지만 제멋대로 살을 좀 붙여두었다.

"베네치스에 곧 전쟁이 일어날 겁니다."

"전쟁이라니 그런 당치도 않은……."

"아닙니다. 확실합니다. 그곳엔 이미 보이지 않는 적들이 숨어들었다고 합니다. 그들과 전쟁을 준비하기 위해 군자금이 필요하다는 급서를 받았습니다. 그래서 이렇게 촌각을 다투며 가려 하는 겁니다."

"흐음… 그렇군요……."

사내는 묘한 표정을 지었다.

그는 가니카스의 입에서 '베네치스'뿐만 아니라 '보이지 않는 적'이라는 단어가 나오자 내심 놀라지 않을 수 없었다.

가니카스가 말하는 보이지 않는 적이 곧 하르스마이어와 하이데를 가리키는 말이 분명할 터였다.

특히나 하이데는 이미 베네치스 안에서 그들의 계획을 실행하고 있는 중이었다.

'내부에 배신자가 있는 것인가? 이들이 어떻게 그 사실을…….'

사내는 생각을 달리 해야 했다. 이들의 말이 사실이라면 순순히 보낼 수 없었다.

그는 옆에 있는 갈로흐에게 다가갔다.

갈로흐에게 전후 사정을 설명한 뒤 다른 말을 덧붙이는 것을 잊지 않았다.

"우선 이들을 안으로 끌어들인 다음 저들을 모두 죽이는 게 어떻겠나?"

"저 수레에 실린 것들이 탐나서 그러는 거냐. 너희들에게 저 물건들이 쓸모 있다는 것은 안다."

"아니, 놈들은 아라곤에서 왔다. 저 보석들을 이용해 무기를 구입할 생각이다. 즉, 저들이 구입하는 무기가 곧 너의 동족들을 죽일 도구가 될 거란 얘기다."

"……!!"

사내의 설명에 갈로흐가 표정을 달리했다.

두 사람이 산민족어로 대화한 탓에 가니카스나 다른 이들은 그들이 어떤 대화를 나누고 있는지 정확히 알지 못했다.

그러나 크게 상관없었다. 어차피 저들이 어떤 얘기를 나누고 어떤 결정을 짓던 가니카스와 일행들이 택할 선택은 하나뿐이었으니 말이다.

얘기를 마친 갈로흐가 가장 첫 번째 수레로 다가왔다. 그는 다짜고짜 수레를 덮은 가죽을 벗겨 보려했다.

다른 이들이 그를 막으려 했지만 가니카스가 말렸다.

"놔둬라. 안에 뭐가 있는지 확인하고 싶은 거겠지."

가니카스의 말에 수하들이 물러섰다.

갈로흐가 가죽을 벗겨내었다. 그러자 수레 안에 실려 있던 보석들과 금화들이 적나라하게 모습을 드러내었다.

"흐음……."

이를 확인한 갈로흐가 손짓했다.

그러자 곰 부족 전사들이 길을 터주었다. 이곳으로 지나가라는 얘기였다.

사내가 입꼬리를 말아 올리며 가니카스의 앞에 섰다.

"얘기는 잘 끝났습니다. 지나가도 좋다고 합니다."

"그렇소!? 정말 고맙습니다. 그대 덕분입니다. 그리고 이것은……."

가니카스가 금화가 담긴 주머니를 그에게 건넸다.

사내는 처음에 사양하는 듯 했지만 이내 가니카스의 권유에 못 이겨 금화주머니를 받아들었다.

"그럼……!"

가니카스가 손짓하자 수하들이 수레를 끌고 출발했다.

그들이 끌고 있는 수레의 숫자는 얼추 세어 봐도 30대가 넘었다.

모든 수레에 조금 전 봤던 금화들과 보석들이 실려 있다면 이건 어마어마한 재산이었다.

"그래서 호위가 많이 붙었나보군. 그러나 뭐 이 정도쯤은……."

그들의 뒤편에서 사내가 의미심장한 미소를 지었다.

그는 따로 수하들을 불러들였다.

"발사믹님께 보고 드리지 않아도 괜찮겠습니까?"

"선 조치 후 보고. 이럴 때 쓰라고 있는 말이다. 알겠냐?"

"알겠습니다."

수하가 사라지고 사내가 탐욕스런 눈길로 수레들을 한 차례씩 바라보았다.

그는 연신 혼잣말을 중얼거리고 있었다.

"하필 이곳을 지나가는 것을 원망하고 또 모든 것을 순순히 말한 너희를 원망해라."

가니카스 일행이 중심부에 다다르자 지켜보고 있던 사내가 크게 손짓했다.

그의 수신호를 읽은 갈로흐가 고함을 터트렸다.

그것이 신호였는지 주변을 맴돌던 곰 부족 전사들이 한꺼번에 몰려들었다.

"이게 대체 무슨……!?"

가니카스가 눈을 휘둥그레 뜨며 사내를 바라보았다.

그러자 사내가 마침내 속내를 드러내었다.

"뭐긴! 너희들을 죽이려는 거지! 미안하지만 너희들의 재물은 베네치스까지 갈 수 없을 거다. 그 보석들과 금화는 모두 이 레비님께서 가져가 주도록 하마."

레비가 한쪽 팔을 들어올렸다.

그러자 근처에 모여 있던 그의 수하들까지 곰 부족과

126

전사들과 함께 했다.

채챙—!

챙!

가니카스와 그의 수하들이 차례로 무기를 뽑아들었다.

그들이 당황한 기색을 역력히 드러내자 곰 부족 전사들과 하르스마이어의 수하들이 승기를 확신했다.

갈로흐가 잔뜩 겁을 집어 먹은 대륙인들을 보며 비릿한 조소를 보였다. 그는 가장 선두에 있는 가니카스를 향해 몸을 날렸다.

그때서야 가니카스가 피식 미소를 지었다.

"기다리느라 혼났다, 풋내기들아!"

휘리릭—!

슈콰앙!! 카앙!!

가니카스가 휘두른 박도는 갈로흐의 돌도끼를 손쉽게 튕겨내 버렸다. 생각지도 못한 상황에 갈로흐는 두 눈을 부릅떴다.

그는 자신이 온 힘을 다하지 않은 것이라 생각했다. 그랬기에 이번엔 두 손을 모아 돌도끼를 휘둘렀다.

캉—!!

그러나 이번에도 그의 돌도끼는 가니카스의 박도에 가볍게 막혀버리고 말았다.

"산에서 사는 놈들이라 밥도 잘 못 먹고 다니는 거냐!? 뭔 놈의 힘이 이렇게도 약해!?"

이번엔 가니카스가 시원하게 박도를 휘둘렀다. 갈로흐는 재빠르게 돌도끼를 들어 박도를 막아내었다.

그러나 그의 몸은 박도에 실린 힘을 이겨내지 못하고 뒤로 밀려나고 말았다.

"호오… 이걸 버텨내?"

가니카스가 눈에 이채를 띠며 갈로흐를 바라보았다. 그때 제르단이 뒤에 있는 수레들을 두드리기 시작했다.

"모두 나와요!"

펄럭—!펄럭!

제르단의 신호에 수레에 몸을 숨기고 있던 늑대 부족이 밖으로 뛰쳐나왔다.

사실 첫 번째 수레에만 보석과 금화들을 쌓아놓고 나머지 수레에는 늑대 부족원들이 몸을 숨기고 있던 것이었다.

늑대 부족은 수레를 덮고 있던 가죽을 집어던졌다.

그리곤 기형의 무기들을 들고 곧바로 곰 부족 전사들을 공격했다.

"늑대 부족!?"

"늑대가 우리를 배신했다!!"

"크아아—!! 죽여라!!!"

곰 부족 전사들이 늑대 부족 전사들을 알아보고 살기를 드러내었다.

갈로흐도 수레에서 뛰쳐나오는 늑대 부족 전사들을 바

라보고 있었다.

"감히 대륙인과 손을 잡다니!! 저 건방진 늑대 놈들을 모두 죽여라!!!!"

그가 분노하며 돌도끼를 치켜 올릴 때 누군가 그의 앞으로 빠르게 몸을 날렸다.

회색늑대 가죽을 뒤집어 쓴 여인이었다.

"그러는 너희들도 대륙인들을 끌어들이지 않았나??"

그녀는 단숨에 갈로흐의 품으로 파고들어 단검을 휘둘렀다.

그러자 갈로흐의 겨드랑이에서 붉은 피가 솟구쳤다.

"아프겠구만."

이를 지켜보던 가니카스는 시선을 돌려 레비가 있는 곳을 바라보았다.

레비는 작금의 상황이 쉽게 이해되지 않는 모양이었다.

그러나 이내 그는 정신을 차렸다.

"놈들을 막아! 더 이상의 피해가 없도록 해야 한다!"

레비의 명령에 수하들이 일사분란하게 움직였다.

그러나 그들은 곧 가니카스와 그의 수하들에게 막혀버리고 말았다.

"이봐, 저기는 늑대 부족과 곰 부족 간의 전투다. 너희들의 상대는 여기야."

"이익……!"

레비는 자신 앞을 막아선 가니카스와 그의 수하들을 노려보았다.

숫자는 이쪽이 우세했지만 그것이 무의미할 정도로 저들이 드러내는 존재감은 거대했다.

실제로 뭣 모르고 덤벼들었던 곰 부족 전사들과 그의 수하들은 몇 번의 일격도 버텨내지 못하고 싸늘한 시체가 되어버리고 말았다.

레비는 굳은 얼굴로 뒤편에 있는 수하에게 넌지시 말했다.

"너는 지금 즉시 여기를 떠나서 발사믹님과 곰 부족 족장에게 이 상황을 알려라. 심상치 않은 일이 벌어지고 있다고 말이야."

그의 말이 끝나자마자 수하 한 명이 자리를 빠져나갔다.

가니카스와 수하들은 그 모습을 지켜보기만 할 뿐이었다.

레비는 의아한 마음이 들었다. 자신이 적들이라면 이 사실을 알리려는 것을 온힘을 다해 막으려 들었을 것이다.

그러나 상대는 마치 일부러 보내주기라도 하려는 것처럼 보고도 모른 척을 하고 있었다.

'설마…….'

그가 뒤늦게 저들의 목적을 알아차렸다. 하지만 문득

스쳐지나가는 생각.

"왜……!?"

증원군이 도착하면 불리한 상황이 되는 것은 저들이었다.

그렇다고 놈들이 함정을 준비했을 리도 없었다. 이곳은 자신들의 영역이 아닌가……!

영문을 짐작할 수 없었지만 그렇다고 저들의 계획대로 흘러가게 두고 싶진 않았다.

"아냐! 일단 저……."

"쉿. 열심히 뛰어가는 부하를 말릴 필요 있나?"

순식간에 따라붙은 가니카스가 레비를 붙잡았다. 가니카스의 수하들도 동시에 움직여 레비와 레비의 수하들을 가로막았다.

아이러니한 형국이 되어버리고만 것이다.

레비의 시선이 늑대 부족과 곰 부족 간의 전투가 벌어진 곳으로 향했다.

"역시… 더러운 늑대 부족이 너희들과 손을 잡은 거였군……."

"음?"

"시치미 떼지 마라. 최근 아라곤을 습격했을 때 늑대 부족만 아라곤 영지민들을 죽이지 않았다지? 그럼……."

"크하하하!!! 하르스마이어의 부하들은 전부다 바보냐?"

"뭐… 너 지금 뭐라고……!"

"너희들 눈에는 우리가 아직까지도 제국 놈들로 보이는 거냐?"

가니카스가 피식 웃으며 자신의 박도를 들어올렸다.

레비의 시선에도 박도의 손잡이에 박힌 문양이 선명히 보였다.

"상어……?"

"이제 알아보겠냐?"

"아라카인의 부하들이었나!? 하지만 네놈들이 대체 왜 여기에……!"

"왜긴 왜야. 너희들이 하려는 일이 꼴사나워서 방해 좀 하러 온 거지. 큭큭."

가니카스가 웃기 시작하자 다른 수하들이 일제히 움직이기 시작했다.

그들은 일방적으로 레비의 수하들을 도륙했다. 한순간에 전투가 아닌 학살에 가까운 상황을 만들어버린 것이다.

레비의 수하들이 최선을 다해 반격했지만 상대는 아라카인의 곁을 맴도는 친위대였다. 전투 실력의 질부터가 달랐다.

덕분에 레비는 절로 떨리는 입술을 어찌하지 못하고 있었다.

"이…이건 말도 안 돼……."

"우리는 너 따위들이 상대할 수 있는 사람들이 아니야. 그러니 너희 상관 녀석을 서둘러 불러오게 두라고."

한껏 여유로운 미소를 짓고 있는 가니카스와 달리, 레비는 절망에 물든 얼굴이었다.

곰의 정원

칼라반과 세오나 일행은 일찍부터 곰 부족 주둔지의 안쪽으로 다가와 있었다.

세오나가 길을 훤히 알고 있던 덕분에 저들의 시선을 피해 이곳까지 도달하는 데엔 그리 어려움이 없었다.

그들은 가니카스와 제르단이 소란을 일으킬 때까지 몸을 숨긴 채 대기하고 있었다.

그때 멀리서부터 시끄러운 소리가 들려왔다.

"시작되었나보군."

가장 먼저 소리를 들은 칼라반이 고개를 들어 반응했다.

이어 세오나가 몸을 일으켜 바깥 상황을 살폈다.

초입 쪽에서의 소식이 이곳까지 들려왔는지 주둔지에 있던 곰 부족 전사들이 소란스럽게 움직이기 시작했다.

침입자의 소식에 화가 난 아라후가 단숨에 달려 나왔다. 그가 크게 소리치자 곰 부족 전사들도 속속들이 모여들었다.

그들이 집결하자마자 아라후는 곰 부족 전사들을 이끌고 아래쪽으로 내려갔다.

그들이 떠나고 얼마 지나지 않아 적갈색 옷을 입은 사내들이 모습을 드러내었다.

이를 본 헤이나가 입을 열었다.

"하르스마이어의 부하들이야."

적갈색 옷을 두른 사내들도 한꺼번에 움직이기 시작했다.

그들까지 주둔지에서 벗어나자 마침내 안쪽엔 최소한의 병력들만 남게 되었다.

차분히 상황을 살펴보던 유운량이 마침내 입을 열었다.

"자아… 그럼 슬슬 움직여볼까요?"

그의 말을 시작으로 모두가 움직이기 시작했다.

세오나는 더욱 깊숙한 곳으로 움직이려는 칼라반을 붙잡았다.

"말해둔 장소는 잊어먹지 않고 있겠지?"

"물론이다."

"그럼 꼭……."

그녀는 두 눈을 질끈 감은 채 칼라반의 옷깃을 세게 휘어잡았다.

"세키라드를 구해줘… 부탁한다……."

"훗. 걱정하지마라."

칼라반은 세오나의 머리를 한 번 쓰다듬어주곤 길을 나섰다.

이에 헤이나가 입술을 뾰루퉁하게 내밀었다.

"뭐야, 너 그런 행동도 할 줄 알아?"

"뭘 말이냐."

"으… 됐어……."

헤이나는 기분이 상한 듯 먼저 앞으로 나섰다. 칼라반은 그녀가 왜 화가 났는지 영문도 모른 채 뒤를 따랐다.

두 사람은 그렇게 말없이 세오나가 알려준 깊숙한 곳까지 들어갔다.

산세가 험하고 따로 길이 나있는 것이 아니었기에 곰의 정원으로 진입하는 것은 생각보다 쉽지 않았다.

"그 여자가 잘못 가르쳐준 것 아냐? 이런 곳에 정말… 꺄아—!!"

헤이나가 화들짝 놀라 소리쳤다.

그녀는 귀신이라도 본 것처럼 칼라반의 뒤로 달려왔다.

"뭐냐, 갑자기."

"배…뱀…! 뱀!!!"

하얗게 질린 헤이나가 한쪽을 가리켰다.

나무에 몸을 말고 있는 커다란 뱀이 이쪽을 쳐다보고 있었다.

"뱀을 무서워했나?"

"지…징그럽잖아……!"

"홋. 뱀 정도는 가볍게 무시할 줄 알았는데."

"으… 안 돼 저건 못 지나쳐… 생각만 해도 소름끼친단 말이야…! 곰의 정원인데 왜 뱀이 나와!? 역시 그 여자가 이상한 길로 가르쳐준 것 아냐?"

"아니. 이곳이 맞다."

칼라반은 한쪽에 나타난 메시지에 주목했다.

[곰의 정원에 입장했습니다.]

[영험(靈驗)한 기운이 당신을 감싸기 시작합니다.]

실제로 조금 전부터 묘한 위화감이 들기 시작했다.

누군가가 자신을 지켜보고 있는 것 같은 기분이 들기도 했다.

"아니, 이건 느낌만이 아닌 진짜인가."

슈우웅―!!

캉!!

그때 칼라반을 향해 무언가가 빠르게 날아들었다. 그는 본능적으로 검을 휘둘러 날아오는 것을 쳐내었다.

묵직한 소리와 함께 바닥을 뒹군 것은 넓적한 돌이었다.

"돌?"

"환영인사를 해주러 온 것을 보니 맞게 찾아오긴 한 모양이네."

언제 그랬냐는 듯 헤이나가 손목을 풀며 바위 위에 올라선 곰 부족 전사들을 쳐다보았다.

이들은 곰의 정원을 지키는 전사들로 조금 전 헤이나의 비명소리 때문에 이곳까지 찾아온 것이었다.

칼라반은 서서히 내기를 끌어올렸다.

[심마안을 발동합니다.]

그가 눈쪽으로 내기를 집중하자 심마안 스킬이 발동되었다.

곰 부족 전사들의 전투력은 대부분 30만 내외였다.

현재 칼라반의 전투력은 45만을 넘었고 헤이나는 여전히 물음표로 나타나고 있었다.

아직까지 칼라반의 실력으로는 헤이나의 전투력이 어느 정도 되는지 가늠할 수 없다는 얘기였다.

어쨌건 눈앞의 곰 부족 전사들은 칼라반과 헤이나의 상대론 역부족임엔 틀림없었다.

곰 부족 전사들이 두 사람을 번갈아 쳐다보았다.

겉모습을 보니 산악 부족은 아님을 대번에 알 수 있었다. 그들은 고개를 갸웃거렸다.

애초 외지인이 이곳 깊숙한 곳까지 발을 들일 일도 없었다.

"누구냐 너희는."

곰 부족 전사들이 낮은 음성으로 물었으나 대답이 들려올 리 없었다.

칼라반과 헤이나 모두 산악 부족의 말을 알아들을 수 없었으니 말이다.

그러나 대충 곰 부족 전사들의 분위기가 어떤지는 알아볼 수 있었다.

"여기서 기다려. 금방 정리하고 올 테니까."

칼라반이 먼저 나설 틈도 없이 헤이나가 몸을 날렸다.

그녀가 움직이자 곰 부족 전사들도 따라 움직였다.

"그래. 나는 이렇게 몸으로 나누는 대화가 편하다니까."

곰 부족 전사들이 헤이나를 향해 거친 무기를 휘둘렀다.

여러 방향에서 날아드는 공격들 사이에서도 그녀는 여유롭게 몸을 피했다.

그녀의 발이 원을 그리며 곰 부족 전사의 복부를 때렸다. 그러자 둔탁한 소리와 함께 놀랍게도 곰 부족 전사의 몸이 반으로 접혀버리고 말았다.

어지간한 공격쯤은 몸으로 받아버리는 곰 부족 전사들에게 이 같은 광경은 너무나도 낯선 상황.

그 순간에도 헤이나의 공격은 이어지고 있었다. 그녀는 화려한 몸놀림으로 곰 부족 전사들의 빈틈을 사정없이 때렸다.

"크학!"

"크어억……!"

그녀의 공격이 적중당할 때마다 곰 부족 전사들이 우후죽순으로 쓰러졌다.

콰직!

콰득—!

헤이나의 주먹과 발이 가격할 때마다 뼈가 부러지는 소름끼치는 소리마저 들려왔다.

단단해 보이는 곰 부족 전사들의 몸이 기구하게 꺾여나갈 때마다 칼라반도 괜히 마른 침을 삼켰다.

"…무지막지하군."

그녀를 지켜보던 칼라반은 저도 모르게 마른침을 삼켰다.

순식간에 곰 부족 전사들을 정리한 헤이나가 손을 탈탈 털며 돌아보았다.

"뭘 그렇게 우두커니 보고 있어? 안 갈 거야?"

"간다……."

아무렇게나 널브러져 있는 곰 부족 전사들은 더·이상

그들을 막아설 상태가 아니었다.

몸까지 부르르 떨어가며 애써 헤이나의 앞을 막아보려 했지만 이미 역부족인 일이었다.

헤이나와 칼라반은 쓰러진 그들을 지나 곰의 정원 중심부로 향했다.

"어느 쪽인지 잘 알겠어?"

"저쪽이다."

이상하게도 칼라반은 본능적으로 곰의 정원이 어느 쪽인지 짐작할 수 있었다.

물론 세오나가 가르쳐 주었던 위치는 이미 머릿속에 기억되어 있었다.

그러나 그것 말고도 무언가에 이끌리기라도 하는 것처럼 자신이 가야 할 곳이 어딘지 알 수 있었다.

철벅! 철벅—!

안쪽으로 들어서자 습지대가 나오기 시작했다. 질퍽하게 들어가는 걸음걸이가 썩 기분 좋은 느낌은 아니었다.

"이쪽으로 계속 가면 되나?"

"잠깐."

칼라반이 팔을 들어 헤이나를 막았다.

그는 헤이나의 어깨를 감싸 안으며 뒤로 물러섰다.

"어맛…! 지금 뭐하는……!"

슈욱—!

헤이나가 있던 곳에서 새하얀 검신이 튀어 올라왔다.

첫 기습에 실패하자 매복하고 있던 다른 이들이 연달아 공격을 시도했다.

슈우웅—!

슈슉!

여기저기서 암기가 쏟아져 나오고 몸을 피하는 곳마다 날카로운 검날이 날아들었다.

미처 피해내지 못한 비수가 칼라반의 팔뚝을 베고 지나갔다.

[상태 이상이 감지되었습니다.]
[만독지체 스킬이 독을 중화합니다.]

"이… 이게 뭐야!?"

"막아내려 하지마라. 검 끝에 독들이 발라져 있다."

칼라반은 스쳐지나가는 암기들과 검날들을 살폈다.

예리하게 벼려진 검날 위로 푸른빛이 번들거렸다.

헤이나는 정신없이 몰아치는 공격들에 어지러이 몸을 움직였다.

그녀는 빗발치는 암기들을 피하면서도 칼라반을 챙기려했다.

그러나 놀랍게도 칼라반 또한 대부분의 암기들을 피해내고 있었다.

하지만 언제까지 피해내기만 할 수는 없는 노릇. 돌파

구를 찾아야 했다.

"제길… 계속 이러고만 있을 수는 없는데… 대체 어디야? 어디서 공격해대는지를 모르겠네."

"우선 너의 오른쪽 나무 밑에 한 놈이 있다."

"뭐?"

칼라반의 말이 끝나자마자 나무 밑에서 인영이 솟구쳤다. 그는 짧은 단검을 들어 곧바로 헤이나의 목을 노렸다.

그러나 이미 모습을 보인 이상 쉽게 당해줄 헤이나가 아니었다.

게다가 칼라반의 말 덕분에 미리 몸을 움직이기까지 하고 있었다.

그녀는 사선으로 몸을 비틀어 단검을 피해낸 뒤 다리를 감아 찼다.

파악—!

기습을 가했던 암살자는 헤이나의 공격에 미처 반응하지 못했다. 그녀에게 일격을 허용한 것은 치명적이었다.

"큽……!"

암살자는 단 일격에 피를 내뿜어버렸다.

"그 다음 왼쪽 뒤편 넝쿨 속에 두 명이 몸을 숨기고 있고."

이번엔 칼라반의 말이 끝나기도 전에 기습이 이루어졌다.

그의 말대로 암살자들은 헤이나의 왼쪽 뒤편에서 기습을 가했다.

그러나 이미 칼라반에게 들통나버렸기 때문에 기습의 장점은 사라져버리고 말았다.

헤이나는 손쉽게 그들의 공격에 대처하며 반격을 가했다.

"계속 숨어 있을 작정인가?"

칼라반이 여러 곳곳을 바라보며 말했다.

놀랍게도 그곳 모두 암살자들이 몸을 숨기고 있던 곳이었다.

상황이 심상치 않게 흘러감을 느낀 암살자들이 서서히 모습을 드러내었다. 이곳에서 그들을 기다리고 있던 암살자들의 수는 대략 삼십 여명쯤 되었다.

"믿을 수가 없군… 우리들의 위치를 다 알고 있다니… 너… 대체 정체가 뭐냐?"

"나에게 암살 따위는 통하지 않는다."

"뭐라!? 크하하하!! 웃기는군…! 암살의 영역을 벗어난 인간 따위는 존재하지 않는다. 그러니 오만 떨지 말아라."

"암살이라… 그리고 보니 그들을 잊고 있었군. 황실 직속 어쌔신 부대 나이트워커(night walker)와 암살 교단 어나니머스(Anonymous)…….."

칼라반이 혼잣말을 중얼거리는 동안 사내가 헛웃음을 터트렸다.

그러나 전혀 웃음기 없는 칼라반의 얼굴에 괜히 소름이 끼치기 시작했다. 그의 표정과 말투, 눈빛 등이 마치 그의 말이 사실임을 드러내는 것만 같았다.

 그렇다고 해서 순순히 겁을 집어먹을 사내가 아니었다.

 "자신감이 과한 놈이로군."

 "자신감이 과한지 아닌지는 네 눈으로 직접 확인해보면 되겠군."

 "더 이상 이딴 얘기에 시간을 허비할 필요 없다! 어차피 분명 배신자 한 놈이 우리들의 위치를 다 알려주었을 거다. 다시 위치를 바꾸면 그만이야!! 놈들을 죽인다!!"

 휘웅!

 파아앙!!

 중앙에 있던 사내가 무언가를 던지자 흙먼지가 피어올랐다.

 모여들었던 암살자들이 다시 흩어지기 시작했다.

 "순순히 지켜보고 있을 줄 알아!?"

 헤이나가 다시 나서려는 때 칼라반이 그녀의 앞으로 나섰다.

 "이번에는 내가 나서겠다."

 "뭐? 하지만……."

 그녀가 말릴 새도 없이 칼라반의 검이 먼저 움직였다.

 그의 검이 커다란 반월을 그렸다.

[반월참 스킬을 시전 했습니다.]

슈카아앙—!!

푸슈슉!!!

짙은 흙먼지 사이로 붉은 핏물이 쏟아져 나왔다.

흙먼지에 몸을 숨겨 암습을 가하려던 암살자들이 두 동 강 나버린 상태로 바닥을 뒹굴었다.

—다음은 오른쪽입니다.

어둠 속에서 두 눈을 드러낸 루디오가 암살자의 공격을 알려주었다.

칼라반의 검이 망설임 없이 오른편으로 향했다.

카앙!

불꽃이 튀며 암살자의 단검이 막혀버렸다.

칼라반의 검이 곡선을 그리며 암살자의 목을 베어 넘겼 다.

—오우! 이제 아래쪽에서 검으로 공격해 오고 있습니 다.

루디오의 말이 끝나기도 전에 검이 불쑥 솟아올랐다. 칼라반은 순간적으로 몸을 도약해 검을 피해내었다.

그러자 이때를 기다린 듯 수많은 암기가 칼라반을 향해 날아들었다.

공중에 몸을 띄웠기 때문에 모든 암기들을 피해낼 수도 없는 상황. 그렇다고 하나하나 쳐내기엔 암기의 숫자가 너무도 많아보였다.

"위험해!!"

칼라반의 위급한 상황에 헤이나가 그 속으로 다급히 뛰어들려 했다.

"걱정마지마라. 나는 괜찮다."

그때 칼라반의 검에서 검기가 뿜어져 나왔다.

검이 쾌속으로 어지러이 움직이기 시작하자, 검기가 마치 커다란 망처럼 퍼지며 칼라반을 감싸 안았다.

[비류잔월검 스킬을 시전 했습니다.]

후우웅―!

파바방! 파바밧!!!

칼라반을 향해 날아오던 암기들이 검기에 가로막혀버렸다.

어찌나 빠른 속도로 검을 휘두르는지 사방팔방으로 날아오던 암기들이 칼라반의 지근거리에도 닿지 못하고 모두 튕겨져 나가고 있었다.

눈으로 보고도 도저히 믿지 못할 상황에 대부분의 암살자들이 패닉에 빠져버리고 말았다.

허공에서 비류잔월검을 펼친 칼라반이 마침내 땅에 한 발을 내딛었다.

[수라월령보 스킬을 시전 했습니다.]

발끝에 내기를 집중하자 그의 몸이 순식간에 가벼워진 느낌이었다.

칼라반이 한 걸음 발을 떼자 그의 몸이 화살처럼 쏘아져나갔다.

슈과각—!!

촤르륵! 촤락—!!

칼라반이 검을 휘두를 때마다 여기저기서 피분수가 치솟아 올랐다.

그의 검은 나무 뒤를 노릴 때도 있었고, 습지대의 안쪽을 파헤칠 때도 있었다. 칼라반은 귀신처럼 암살자들의 위치를 정확히 노리고 들었다.

그 모습이 마치 죽음을 몰고 오는 사신과 같아 보였다.

"피…피해라!!"

"놈은 괴물이다!!"

"도망… 도망쳐!!"

급기야 은신하고 있던 암살자들이 도망을 선택하기에 이르렀다.

그러나 그들이 모습을 온전히 드러낸 이상 헤이나가 결코 가만히 놔둘 리 없었다.

그녀는 도망치려는 어쌔신들을 붙잡아 다리몽둥이를 부러트려주었다.

칼라반의 자비 없는 손속과 헤이나의 거친 손길(?)이
이어지니 암살자들도 맥을 못 추리고 말았다.

"이런… 말도 안 돼는…….."

전혀 생각지도 못한 상황에 암살자들의 대장 격이었던
사내가 털썩 주저앉고 말았다.

이어 핏물을 머금은 칼날이 그의 턱밑에 다가들었다.

"말했잖나. 내게 암습은 통하지 않는다고. 게다가 이미
너희들이 한 번 모습을 보인 이상, 암살자로서의 이점은
사라진 거나 마찬가지다."

"흐…흐익……!"

검날이 움직이자 사내의 목이 힘없이 바닥으로 굴러 떨
어졌다.

정원의 수호자

"가만 보면 진짜 신기해."

헤이나는 칼라반의 이곳저곳을 살펴보았다.

평범하기 이를 데 없는 모습이었다. 그런데 보여주는 행동들은 결코 평범하지 않았다.

"어떻게 암살자들이 몸을 숨기고 있는 걸 알았어? 나도 눈치채지 못했는데……."

"내가 쉽게 가르쳐 줄 것 같나?"

"아니… 네가 그럴 리가 없지… 아으, 왜 이렇게 나한테만 비밀이 많아!? 진짜 점점 얄미워 죽겠네!"

"후훗……."

"웃지 마! 정들 것 같으니까! 그렇게 함부로 웃지도 마, 알겠어!?"

"알았다, 그렇게 하지."

언제 웃었냐는 듯 칼라반이 정색하는 얼굴을 보였다.

그러자 헤이나가 자신의 머리칼을 헝클였다.

"아, 얄미워 진짜… 아—!"

그녀는 갑자기 느껴지는 통증에 왼쪽 팔뚝을 부여잡았다. 이제 보니 그녀의 팔뚝에서 핏물이 흘러내리고 있었다.

"아까 다친 건가?"

대수롭지 않게 핏물을 닦아내려 했다.

그러나 불쑥 다가온 손이 헤이나의 손을 밀어내었다.

"기다려라. 독에 당했을 수도 있다."

칼라반이 곧바로 상처부위를 살폈다.

자세히 보니 살이 보랏빛으로 부어오르고 있었다.

"아니, 야… 그… 잠깐……."

칼라반이 자신의 맨살을 빤히 바라보고 있자 괜히 헤이나가 얼굴을 붉혔다.

그녀가 상처부위를 감추려 하자 칼라반이 손으로 잡아끌었다.

"기다려라. 독이 발린 검에 베인 것 같다. 지금 바로 조치하지 않으면 독이 온몸에 퍼질지도 몰라. 놈들이 어떤 독을 사용했는지 모르니 조심해서 나쁠 건 없다."

"그…그러면 내가 갖고 있는 해독약이 있을 거니…….."

헤이나가 주섬주섬 품안을 뒤지려는 때 따뜻한 감촉이 느껴졌다. 칼라반이 상처가 난 곳에 입을 가져가 독을 빨아내었다.

갑작스런 칼라반의 행동에 헤이나는 아무런 행동도 취하지 못하고 얼어붙어 있었다.

독을 모두 빨아낸 칼라반은 자신의 옷가지를 뜯었다.

[상태 이상이 감지되었습니다.]
[만독지체 스킬이 발동되었습니다.]

알람이 나타나는 동안 그는 묵묵히 뜯어낸 옷가지로 헤이나의 상처를 붕대 감듯 감아주었다.

수많은 전장 경험 덕분에 이럴 땐 어떻게 처치해야 하는지 몸이 기억했다. 덕분에 헤이나는 얌전한 고양이처럼 칼라반의 손길이 끝나길 기다리고 있었다.

그녀는 당황한 탓에 칼라반이 빨아낸 독을 뱉어내지 않고 삼켰다는 사실조차 모르고 있었다.

"다 되었다. 이제 괜찮을 거다."

"이런 건 어떻게 알고 있는 거야?"

"경험으로 터득했다."

"넌 대체 어떤 삶을 살아 왔길래…….."

"이제 다 와 가는 것 같군."

얼마 걷지도 않았는데 그들의 눈앞에 커다란 호수가 보였다. 잔잔함에 미동조차 않는 호수의 중앙부근에 누군가가 보였다.

사람 네 명조차 나란히 서기 힘들 정도로 좁은 땅에 사내는 온 몸이 결박되어진 채로 무릎 꿇고 있었다.

쇠사슬뿐만 아니라 나무 수갑까지 동원해 그의 온 몸을 구속하고 있었다.

"저 자가 바로 세키라드인가……."

"뭐야, 저렇게까지 해놓은 거야?"

"저렇게 해놓지 않으면 저 사내가 충분히 빠져나갈 수 있을 거라 판단했나보지."

"아무리 그래도……."

헤이나와 칼라반이 세키라드가 있는 곳으로 다가가려는 때 나뭇가지가 흔들리는 소리들이 들려왔다.

여기저기 바스락 거리는 소리에 두 사람은 빠르게 주위를 훑었다.

"우야후—!"

"우아아아후!!"

커다란 괴성과 함께 곰 부족 전사들이 모습을 드러내었다. 그런데 이들은 이전까지 보았던 자들과는 사뭇 달라 보였다.

족히 180cm는 넘어 보이는 키들에 탄력적인 근육은 마치 조각가가 조각을 해놓은 것처럼 큼직하고 선명했다.

"조심해라. 이전에 봐왔던 곰 부족 전사들과는 다르다."

"어… 특히 앞에 있는 한 녀석은 더더욱 쉽지 않아 보이네……."

헤이나도 그들의 등장에 처음으로 경계하는 모습을 보였다.

그녀는 적토(赤土)색의 곰 가죽으로 전신을 덮은 사내를 주시하고 있었다.

다른 자들에 비해 비교적 덩치는 작아보였지만 드러내는 존재감만큼은 그 누구보다 강렬했다.

파밧—!

팟!

그 어떤 대화도 오가지 않았다.

곰 부족 전사들이 약속이라도 한 듯 일제히 칼라반과 헤이나를 향해 몸을 날렸다. 그들은 신성한 장소에 발을 디딘 두 사람을 단죄하겠다는 표정이었다.

칼라반의 심마안이 그들을 살폈다.

놀랍게도 이곳에 있는 곰 부족 전사들의 전투력은 모두 40만을 상회했다.

"신성한 장소라 정예 전사들을 놔두기라도 한 건가……."

칼라반의 짐작은 정확했다.

예로부터 곰 부족은 곰의 정원을 아주 신성시했다.

이곳에 곰 부족의 정신이 모두 깃들어 있다 생각했기 때문에 곰 부족은 다른 산악 민족들이 발조차 들이지 못하도록 정예 전사들을 이곳으로 보냈다.

처음 마주한 곰 부족 전사들이 초입을 지키는 보초병들이라면 이곳에 있는 전사들이야말로 진정한 수비대라 할 수 있었다.

특히나 적토색 곰 가죽을 뒤집어 쓴 사내는 이곳의 수호자로 임명된 이로, 곰 부족 내에서도 최고의 실력을 자랑하는 전사였다.

칼라반이 빠르게 그를 살폈으나 역시나 헤이나처럼 물음표로 나타났다.

곰의 정원 수호자는 칼라반이 아닌 헤이나를 응시하고 있었다. 본능적으로 칼라반보다 그녀가 더 위협적인 인물임을 알아차린 것이다.

"여기는 내가 맡을 테니까 너는 빨리 저 남자부터 구해."

헤이나가 돌아서며 말했다.

"너 혼자서는 힘들다."

"어머? 그건 혹시 날 걱정해주는 건가?"

"이런 상황에서 그런 농담이 나오는 거냐."

"호호, 걱정 마. 네가 생각하는 것보다 나 훨씬 대단한 여자라니까. 그러니까 뒤는 맡기고 돌아보지 말고 달려. 그리고 저기 묶여 있는 놈도 강하다며?"

"늑대 부족 최고의 전사라 들었다."

"그럼 빨리 구해와. 지금 상황에서는 한 명이라도 전력이 더 있어야 좋을 것 같으니까."

웃고 있었지만 헤이나의 눈빛엔 여유가 없어보였다. 그만큼 좋지 않은 상황이라는 뜻이었다.

그녀 또한 이곳에 모습을 드러낸 곰 부족 전사들이 결코 만만한 실력을 지닌 자들이 아님을 느낄 수 있었다.

"…알겠다. 그럼 빠르게 다녀오도록 하겠다."

"그래그래. 조금 서둘러주면 더 좋고."

"다치지 마라."

"그게 여자 혼자 두고 가는 놈이 할 소리야?"

"그건 그렇군……."

"어유… 농담도 안 통하는 녀석. 빨리 다녀와."

"알겠다."

칼라반이 내기를 다스렸다. 몸이 한결 가벼워지기 시작했다.

파밧!

그가 경공 스킬을 펼치며 힘차게 도약하자 몸이 빠르게 쏘아져나갔다.

"하우!"

"우우하!!"

곰 부족 전사들은 칼라반이 호수 근처로 접근하지 못하게 하려 했다.

그들은 사나운 고성을 지르며 칼라반을 향해 달려들었다. 그러나 바짝 뒤쫓은 헤이나가 그들을 막아섰다.

부웅——!

휘우웅!!

곰 부족 전사들이 휘두르는 무기가 대기를 찢으며 날아들었다.

헤이나는 가장 먼저 다가오는 몽둥이를 피해내고 돌도끼는 손으로 밀쳐냈다. 이어진 그녀의 주먹이 앞에 있는 곰 부족 전사의 얼굴을 때렸다.

파앙!

거친 타격음과 함께 곰 부족 전사가 휘청거렸다.

헤이나는 거기서 멈추지 않고 몸을 돌려 발을 뻗었다. 그녀의 발에 복부를 가격당한 곰 부족 전사가 허리를 굽히며 바닥을 뒹굴었다.

"어딜!"

그녀는 칼라반을 향해 내달리는 곰 부족 전사들을 막으려 했다.

그러나 이내 보여 지는 상황에 그녀도 모르게 입을 떡하니 벌리고 말았다.

잠깐의 순간. 분명 하품 한 번 할 수 있는 잠깐의 시간이 지났을 뿐인데 칼라반은 이곳에서 순식간에 멀어져 있었다.

그는 어느새 호수 가까이에 발을 딛고 있었다.

"공민이… 저렇게 빨랐나……?"

놀란 것은 그녀만이 아니었다. 곰 부족 전사들도 예상을 상회하는 빠른 칼라반의 움직임에 신경을 곤두세우고 있었다.

그나마 다행인 점은 이미 저곳에 다다른 동료들이 있다는 것이었다.

때마침 호수가에 도착한 곰 부족 전사들이 칼라반을 막아섰다.

"우라!"

"우하우!"

그들은 거친 탁성을 내뱉으며 칼라반을 공격했다.

"아……!"

헤이나의 입에서 절로 소리가 흘러나왔다.

그녀가 알고 있는 칼라반의 실력이라면 저들을 온전히 뿌리치고 세키라드가 있는 곳까지 가는 것은 무리였다.

결국 칼라반을 도와주기 위해 헤이나가 무리해서 움직이려 했다.

그러나 다음 순간. 눈으로 보고도 믿기 어려운 광경이 펼쳐졌다.

칼라반이 힘차게 땅을 디뎠다.

파앙!

커다란 소리와 함께 마치 하늘을 나는 듯 그의 몸이 허공으로 높이 떠올랐다.

칼라반은 단숨에 곰 부족 전사들을 뛰어넘어 호수 안쪽으로 발을 디뎠다.

그러나 곰 부족 전사들이 그를 붙잡기 위해 따라붙을지 모르는 일. 헤이나는 그것을 막기 위해 똑같이 호수가로 파고들었다.

하지만 어찌된 일인지 곰 부족 전사들은 호수 안으로 발을 들이진 않았다. 오히려 그들은 호수에 닿는 것을 조심하려는 듯 발을 피했다.

"뭐지!?"

그녀가 의아함을 드러내려는 때 곰 부족 전사들의 공격이 이어졌다.

부우웅—!

후웅!!!

정신없이 이어지는 공격들 사이에서 헤이나도 반격을 가했다.

무슨 이유에서인지는 모르겠지만 곰 부족 전사들이 더 이상 칼라반을 쫓으려 들지 않았다. 덕분에 헤이나도 주변에 집중할 수 있었다.

그러나 이쯤 되니 그녀의 신경을 거슬리게 만드는 존재가 있었다.

적토색 곰 가죽을 뒤집어 쓴 사내. 그는 아직까지도 우두커니 서 있었다.

사내는 계속해서 헤이나를 주시하고 있었다.

"아아… 내 미모가 뛰어난 것은 알겠지만 그렇게 뚫어지게 쳐다보면 내가 좀 부담스러운데 말이야."

그녀는 그때서야 사내의 표정을 살폈다. 사내는 분명 웃고 있었다.

"기분 나쁘게 왜 웃고 있는 거야?"

후웅!

그 순간 호수에서 환한 빛무리가 뿜어져 나왔다.

"뭐지!?"

갑작스럽게 벌어진 상황에 헤이나도 당황을 금치 못했다. 호수에서 흘러나온 빛무리는 순식간에 칼라반을 집어삼켜버렸다.

"평범한 호수가 아니었나…!? 그래서 저놈들이 호수에 들어가지 않은 거야!?"

아차 싶었던 그녀가 칼라반을 구하기 위해 몸을 날렸다. 그러나 이를 가만히 두고 볼 곰 부족 전사들이 아니었다.

특히 헤이나를 막기 위해 지금껏 지켜보기만 하던 적토색 곰 가죽의 사내가 움직였다.

곰의 정원 수호자 바르밀가는 단숨에 헤이나에게로 접근했다.

그가 위협적인 기세를 내뿜으며 다가오자 헤이나도 어쩔 수 없이 몸을 돌릴 수밖에 없었다.

마냥 무시하기엔 상대가 내뿜는 기운이 강했다.

파앙!!

바르밀가가 휘두른 주먹이 헤이나의 발에 막혔다.

그러나 주먹에 담긴 힘이 워낙 강렬해 헤이나의 발이 튕겨져 나가듯 밀려나고 말았다.

힘으로는 어딜 가도 밀리지 않는다 생각했던 헤이나였건만 바르밀가의 힘 또한 만만치 않았다.

그가 움직일 때마다 탄력적인 근육이 조밀한 선을 드러내었다.

"어이 너. 그렇게 무식하게 근육만 키워선 여자한테 인기가 없는 것 몰라? 징그럽기만 하잖아!"

헤이나가 자세를 고쳐 잡으며 한 마디 했지만 그녀의 말을 저들이 알아들을 리 없었다.

어느새 그녀를 중심으로 곰 부족 전사들이 원을 그리며 포위했다.

그녀는 자신을 둘러싼 곰 부족 전사들을 둘러보며 떫은 웃음을 보였다.

그 순간 환한 빛무리에 집어삼켜진 칼라반이 호수 아래로 스며들듯 잠겨버렸다.

"공민!!"

헤이나가 이를 보며 소리쳤지만 아무런 소리도 돌아오지 않았다.

결국 마음이 급해진 헤이나가 호수로 다가가려는 때 여지없이 바르밀가와 곰 부족 전사들이 그녀를 막아섰다.

"비켜."

그녀의 눈동자가 차갑게 가라앉았다.

이와 동시에 헤이나의 전신에서 붉은 기운이 피어오르기 시작했다.

"……."

그러나 바르밀가와 곰 부족 전사들은 요지부동이었다. 그들은 묵묵히 헤이나의 앞길을 막았다.

"비키라고 했어."

후우웅―!!!

그녀가 작정하고 기운을 내뿜기 시작하자 저릿할 정도의 투기가 발산되기 시작했다.

"우라하우!!!"

바르밀가의 외침에 그들을 압박하던 헤이나의 투기가 흩어져버렸다.

그리곤 곰 부족 전사들이 다시금 그녀를 향해 돌진하기 시작했다.

이번에는 바르밀가도 함께였다.

생각지 못한 행운

한편 호수 안으로 발을 딛었던 칼라반의 눈앞에 갑작스런 메시지가 떠올랐다.

[알 수 없는 기운이 당신을 감싸기 시작합니다.]
[이상 현상이 감지되었습니다.]
[상태 이상이 감지되었습니다.]
[만드라고라의 효과로 상태 이상에 저항합니다.]

후우웅—!
새하얀 빛무리가 순식간에 칼라반을 감싸기 시작했다.

눈부심에 칼라반은 저도 모르게 눈을 감고 말았다.

그리고 그가 다시 눈을 떴을 땐 시들어버린 초목이 보이는 잔잔한 수면 위였다.

초목 위에는 죽은 듯이 누워있는 사내의 모습이 보였다. 자세히 보니 호수 중앙에 묶여 있던 세키라드를 닮아 있었다.

[영면의 샘에 진입했습니다.]

"영면의 샘……?"

갑작스런 풍경의 변화에 칼라반이 의아함을 드러낼 무렵 낯선 목소리가 들려왔다.

—선택받지 않은 자가 이곳으로 들어오다니. 기괴한 일이로구나…….

어디선가 들려오는 늙수그레한 목소리에 칼라반이 고개를 돌렸다. 그러나 주변에는 아무런 생명체도 보이질 않았다.

—어딜 보는 것이냐.

다시 한 번 들리는 목소리에 칼라반이 정면을 응시했다. 그러자 거대한 순록이 그의 앞에 자리해 있었다.

순록의 투명한 두 눈동자는 칼라반을 내려다보고 있었다.

"이게… 대체 어떻게 된 일이지…….."

—그것은 내가 묻고 싶은 말이로구나. 이곳은 선택받지 못한 자는 애초에 발을 들일 수 없는 곳. 참으로 신기한 경험이구나.

"여기는 어디고… 그쪽은, 누구지……?"

—이곳은 영면의 샘. 선택받은 자가 들어오면 힘을 얻지만 선택받지 못한 자가 이곳에 이르면 영원한 잠에 빠지는 곳이다. 그리고 나는 이곳 영면의 샘을 관장하는 자.

"영원한 잠이라……."

칼라반은 그때서야 저기 보이는 사내도 죽은 것이 아닌 잠에 빠졌다는 것을 알 수 있었다.

그때 순록이 칼라반의 가까이로 얼굴을 들이밀었다.

—너는 선택받지 못한 자다. 그런데 어째서 영원한 잠에 빠지지 않은 것이냐?

순록은 순수한 의문을 드러내었다.

그러나 칼라반이라고 해서 그 이유를 알고 있을 리 만무했다.

그 또한 작금의 상황이 어떻게 된 일인지 파악하고 있는 중이었으니 말이다.

"호수에 발을 디딘 것 까진 기억이 나는데… 그러다 알 수 없는 빛이 나를 감쌌고……."

칼라반이 혼란스러워 할 때 순록이 슬며시 미소를 지었다.

순록은 숙였던 고개를 들어올렸다.

―호오… 이제보니 인간 주제에 숲의 가호를 받았구나.

"숲의 가호?"

―숲의 가호는 너의 몸 안에 흐르고 있다. 그것을 모르고 있었나보군.

"흐르고 있다니… 아, 혹시 만드라고라의 효능을 말하는 건가?

―너희 인간들이 그것을 어떻게 부르는지는 관심 없다. 그러나 숲의 가호로 영면의 잠에서 깨어날 수 있었다니 운이 좋은 자로구나.

순록은 화려한 뿔을 들어 올리며 잠시 허공을 응시했다.

―통탄스럽구나… 선택받은 예언의 아이는 오지 않고 이런 기괴한 인간이 찾아오다니…….

"저 사내는 누구지?"

칼라반이 안쪽에 죽은 듯 누워있는 사내를 가리키며 말했다.

순록도 사내를 바라보았다.

―늑대의 아이를 말하는 것이냐?

"늑대… 역시… 세키라드가 맞나보군."

―그래, 그런 이름으로 자신을 지칭했던 것 같군.

"저 자도 영원한 잠에 빠져든 건가?"

—저 아이 또한 선택받지 못했으니 당연한 결과다.

　"단순히 곰 부족에게 감금되어 있는 줄만 알았더니…
어떻게 하면 깨울 수 있지?"

　—포기하는 것이 좋을 거다. 지금 저 아이는 누구도 깨
울 수 없으니.

　"왜지? 설마 그대도 불가능한 건가?"

　—그것이 가능했다면 당장 너부터 이곳에서 내쫓았을
것이다.

　순록이 콧바람을 내뿜으며 칼라반을 내려다보았다.

　이에 칼라반이 고개를 갸웃거렸다.

　"무슨 문제라도 있는 것인가?"

　—너에게는 이것이 보이질 않는 모양이로구나.

　후웅!

　콰드득!!!

　순록이 몸을 움직이려들자 무언가가 모습을 드러내며
순록의 움직임을 붙잡았다.

　이제보니 순록의 온몸은 사슬로 묶여 있었다.

　"이게 대체 어떻게 된 일인지……."

　—과거 탐욕스러운 인간들이 나의 힘을 빼앗기 위해 걸
어둔 봉인 마법이다.

　"봉인 마법?"

　—이것 때문에 나는 지금 아무런 힘도 발휘할 수 없다.
이곳으로 들어올 수 있는 선택 받은 아이만이 내 몸을 묶

고 있는 이 저주스러운 봉인을 끊어줄 수 있을 거라 생각
했는데…….

"그럼 그 사슬을 끊어주면, 저 사내를 깨워줄 수 있는
것인가?

칼라반의 물음에 순록이 웃음을 터트렸다. 순록의 두
눈이 잠시나마 영롱한 빛을 띠웠다.

—크하하하! 그대가 나를 해방시켜 줄 수 있다면 저 사
내를 깨워주는 것은 물론 그대를 위한 선물도 줄 수 있
다.

"단순히 저 사슬을 끊기만 하면 되는 건가?"

칼라반의 물음에 순록이 다른 한쪽을 응시했다.

그곳에선 환한 빛 무리가 쏟아져 나오고 있었다.

—저것이 바로 봉인 마법을 유지하는 마력의 원천이다.

"마력의 원천?"

—저기서 나오는 빛이 사슬의 힘을 강화시킨다. 이를테
면…….

순록이 크게 울음을 토해내며 거대한 몸을 움직이려 했
다. 그러자 마력의 원천에서 강렬한 빛이 뿜어져 나오기
시작했다.

빛을 받은 사슬은 더욱 강한 마력을 뿜어내며 순록을
옥죄었다. 거대한 뿔을 이리저리 움직이던 순록은 이내
몸을 웅크렸다.

—이런 식이다.

"그런가……."
칼라반은 빛이 뿜어져 나오는 곳으로 발걸음을 옮겼다.

[이상 현상이 감지되었습니다.]
[심마안을 발동합니다.]
[심마안의 영향으로 이상 현상을 해석합니다.]

잠시 빛 쪽을 바라보던 칼라반이 홀로 고개를 주억거렸다.
"그런 거였군."
─나를 옥죄고 있는 이 사슬이 저 마력의 빛을 받지 못하게 만이라도 할 수 있다면… 내 힘으로 끊을 수도 있을 거다.
"그렇지 않아도 그렇게 해볼 생각이었다."
─그것이 말처럼 쉬울 것 같으냐.
"간단하다."
후우웅─!

[최하급 어둠의 정령 둠(까망이)이 소환되었습니다.]
[최하급 어둠의 정령 둠(까망이)이 소환되었습니다.]

칼라반이 까망이들을 소환해내기 시작했다.
까망이의 등장에 순록의 눈동자가 처음으로 흔들리기

시작했다. 까망이가 모습을 드러내며 칼라반의 뒤편에 자리한 어둠이 그에게도 보였기 때문이다.

―놀랍구나… 어둠을 품고 다니는 인간이라니… 내가 관장하는 영역에 허락받지 않은 어둠까지 몰고 올 수 있다니…….

소환된 까망이들이 칼라반에게 엉겨 붙기 시작했다.

녀석들은 온 몸으로 반가움을 드러내었다.

―끼루!

―끼루루!!

"후후 나도 반갑다."

칼라반은 손가락으로 순록을 옥죄고 있는 사슬을 가리켰다.

"저곳에 어둠을 뿌려주었으면 좋겠는데. 가능하겠나?"

―끼루!!

―끼루루루!! 끼루!

칼라반이 가리키는 방향을 따라 까망이들이 순식간에 몰려들었다. 녀석들은 순록을 옥죄고 있는 사슬들을 빈 틈없이 덮기 시작했다.

까망이들이 사슬을 어둠으로 물들이자 사슬의 색이 점차 칠흑빛으로 변하기 시작했다. 이를 본 순록이 놀란 표정을 지었다. 까망이의 정체를 눈치 챈 것이다.

그가 알고 있는 한 이토록 순수한 어둠을 만들어낼 수

있는 존재는 단 하나밖에 없었다.

"자, 이제 다시 한 번 시도해봐라."

─놀랍구나… 어둠의 정령을 부릴 줄 아는 인간이라
니…….

우우웅─!!

순록이 커다란 울음을 토해내며 몸을 일으켰다. 한껏
몸을 뻗자 그를 옥죄고 있던 사슬에 점차 균열이 가기 시
작했다. 이를 지켜보던 칼라반이 천천히 검을 출수했다.
그는 마력의 빛이 뿜어져 나오는 곳을 향해 마주섰다.

"후읍……."

슈와아─!!

그가 한 차례 호흡을 고르자 단전에서 시작된 내공이
용솟음치기 시작했다.

검 끝에 선명한 검기가 뻗어 올라 왔다.

칼라반은 검을 허리춤으로 가져가 수평으로 눕혔다.

"반월참!"

그가 온 힘을 다해 휘두른 검이 반월을 그렸다. 그러자
강렬한 검기가 뻗어나가며 마나의 빛이 뿜어져 나오는
곳을 때렸다.

동시에 순록이 자신을 옥죄고 있던 사슬을 끊어내었다.

─끼루루!

─끼룩!!

사슬을 덮고 있던 까망이들이 허공으로 떠올랐다. 이를

본 순록이 가볍게 바람을 불자 순풍이 불었다.

덕분에 까망이들은 흡사 민들레 씨처럼 허공에 떠다녔다.

—고맙구나, 인간이여.

순록이 다시 한 번 울음을 토해내었다. 그러자 순록의 뿔과 털에서 영롱한 빛이 감돌기 시작했다.

—약속은 지켜주겠다.

순록은 한달음에 세키라드가 있는 곳으로 움직였다.

그가 세키라드를 향해 날숨을 불어넣자 세키라드가 서서히 눈을 뜨기 시작했다.

"여긴……."

잠에서 깬 세키라드는 순록을 보자마자 예를 차렸다. 그는 순록의 정체가 무엇인지 너무나 잘 알고 있었다.

서서히 죽어가던 세키라드를 이곳으로 데려왔던 이가 바로 순록이었으니 말이다.

"저…정말 감사합니다."

—내게 그런 인사를 할 필요 없다. 너의 목숨을 구해준 이는 따로 있으니.

순록이 한쪽 켠에 서 있는 칼라반을 바라보았다.

세키라드는 이곳에 다른 사람이 있다는 것에 놀라는 한편, 곧바로 칼라반을 향해 몸을 숙였다.

"목숨을 구해주셔서 감사합니다."

"나는, 아, 그리고 보니 말을 알아들을 수 있다니……."

―이곳은 인간들의 언어로 대화를 나누는 곳이 아니니 당연한 일이다.

"그렇군……."

순록이 서 있는 샘물이 점점 밝은 빛을 찾기 시작했다.

세키라드는 고개를 들어 칼라반을 올려다보았다.

"늑대는 목숨을 빚진 은혜는 죽어서도 잊지 않습니다. 그러니 이 목숨을 다하는 한이 있더라도 받은 은혜는 갚 겠습니다."

진중한 모습으로 말을 이어가던 세키라드는 돌연 놀란 눈빛을 하고 있었다. 그의 눈에 칼라반이 목에 차고 있던 송곳니들이 들어왔던 것이다.

"그…그건……."

"아… 이것은 사정이 있어 세오나에게서 맡아둔 물건 이다. 내가 그대를 찾게 되면 그대와 내가 말이 통하지 않을 것은 분명하니까. 대신 이것을 차고 있으면 그대가 나를 적대시 하진 않을 거라며 세오나가 내게 건네준 목 걸이였는데… 이런 일이 생길 줄은 꿈에도 몰랐군."

"그렇다면 세오나님은 어디에……."

"지금쯤 어머니를 구하고 곰 부족과 전투를 치르고 있 을 거다."

칼라반의 말이 끝나자마자 세키라드가 대뜸 머리를 숙 였다.

"당신께 부탁이 있습니다."

"부탁?"

"은혜를 갚기 전. 부디 세오나님을 도울 수 있도록 허락해주십시오. 그 후라면 이 목숨을 다해서라도 당신의 명령에 따르겠습니다."

"물론이다. 그러기 위해 그대를 구하러 온 것을."

"정말… 감사드립니다."

세키라드는 진심으로 칼라반에게 예를 표했다.

늑대 부족의 예법이라 칼라반은 잘 알지 못했지만 그의 진심만은 온전히 전해지고 있었다.

그때 순록이 그들 사이에 끼어들었다. 정확히는 칼라반을 바라보고 있었다.

─아쉽지만 그라다 산의 힘이 깃들지 않은 너에게 나의 축복을 내리는 것은 불가능한 일이다.

"상관없다. 어차피 내 목적은 이룬 것 같으니까."

칼라반이 세키라드를 바라보며 말했다.

그러나 순록은 고개를 살며시 저어보였다.

─나의 축복을 내리는 것은 불가능하지만 그대가 좋아할만한 다른 선물이라면 줄 수 있을 것 같군.

"내가 좋아할만한 선물?"

─사실 이곳은 네가 원래 있었던 곳보다 정령계와 가까운 장소다.

"그랬나……."

─내가 도와준다면 본래 그대가 불러내지 못했을 정령

도 불러낼 수 있을 거다.

"뭐…? 그게 정말 가능한 것인가?"

―가능한지 불가능한 것인지는 그대가 직접 겪어보면 알 일이다.

순록의 눈동자가 영롱한 빛을 뿜어냈다.

그러자 포근하면서도 따뜻한 기운이 칼라반을 감싸 안기 시작했다.

[드루이드의 영롱한 기운으로 인해 일시적으로 기존의 어둠 친화력 수치를 초월합니다.]

[내공의 양이 일정 기준을 상회하고 있습니다.]

[축하드립니다! 상급 어둠의 정령과 계약을 할 수 있게 되었습니다. 계약하시겠습니까?]

연이어 나타난 메시지에 칼라반은 자신의 눈을 의심하지 않을 수 없었다. 본래라면 불가능한 일이었건만 지금은 가능한 일이 되어 있었다.

"드루이드라니……."

[상급 정령 중 한 개체와 계약할 수 있습니다.]

[계약을 마친 상급 정령은 중급 어둠 정령술사 상태에서도 소환이 가능합니다. 단, 중급 어둠 정령술사 수준에 맞도록 그 능력치는 감소합니다.]

칼라반은 눈앞에 떠오른 메시지를 보았다.

때마침 필요로 했던 상급 정령이 있었기에 그에겐 망설임 따윈 전혀 없었다.

"그럼 나는 이 녀석을 선택하겠다."

헤이나의 노력

"하아… 하아…….."

뜨거운 숨을 내뱉은 헤이나가 질린 얼굴로 앞을 바라보았다. 피투성이가 된 바르밀가가 한쪽 무릎을 꿇고 있었다. 그의 이마에서부터 흘러내린 피는 왼쪽 뺨을 적시고 있었다.

격한 호흡을 이어가던 헤이나가 두 손으로 양 무릎을 짚었다. 온 몸이 상처투성이였고 머리칼은 산발이 되었다.

바르밀가는 굳은 얼굴로 주변을 살폈다.

호기롭게 나섰던 그의 수하들이 차가운 바닥을 뒹굴고

있었다. 물론 상대도 온전치 못했지만 자신과 수하들을 상대로 이 같은 전황을 만들어낼 줄은 몰랐다.

그러니 바르밀가로서도 그녀를 인정하지 않을 수 없었다.

"강하다."

바르밀가는 헤이나의 강함에 감탄했다.

그러나 상대가 좋지 못했다.

자신은 곰 부족 최고의 전사. 그리고 이곳에 있는 곰 부족 전사들은 그런 바르밀가가 손수 키워낸 전사들이었다.

모두가 발을 딛고 설 수 있다면 목숨이 끊어질 때까지 전투를 할 수 있는 강인한 전사들이었다.

쿵!

바르밀가가 대지를 밟고 몸을 일으켰다.

그가 움직이기 시작하자 곰 부족 전사들도 다시 삼엄한 기세를 드러내며 그녀를 포위했다.

그러나 이전처럼 함부로 그녀에게 달려들지 않았다. 아무리 지치고 상처가 늘었다곤 하나, 이미 헤이나의 실력을 눈앞에서 본 그들로선 조심스러워질 수밖에 없었다.

"이렇게 질척거리는 남자는 딱 질색인데."

헤이나는 거친 숨을 몰아쉬며 상체를 폈다.

입은 웃고 있었지만 사실 몸 상태는 말이 아니었다. 그

렇지만 그것을 내색하진 않았다.

헤이나의 두 눈이 다시금 매서워지기 시작했다. 그녀의 기세가 달라지자 곰 부족 전사들도 긴장하기 시작했다.

헤이나와 바르밀가, 곰 부족 전사들 사이에 팽팽한 긴장감이 이어졌다.

그때 먼저 움직인 것은 곰 부족 전사들 쪽이었다. 그들은 헤이나의 양측에서 동시에 달려들었다.

헤이나는 한 차례 호흡을 골랐다. 그녀의 투기가 다시금 두 팔과 다리를 감싸 안았다.

파방! 파앙!!

양측에서 거의 동시에 타격음이 울렸다.

턱이 돌아간 곰 부족 전사가 힘없이 쓰러졌다. 가슴을 가격당한 곰 부족 전사는 이를 악물고 버텨내었다.

그는 한껏 치켜든 돌도끼를 수직으로 내려쳤다. 헤이나는 빠른 움직임으로 그의 팔을 휘어잡았다.

휘릭—!

그녀는 곰 부족 전사의 힘을 역으로 이용해 다른 방향으로 그를 날려버렸다.

"우어!"

"우루후!!"

곰 부족 전사들은 멈추지 않고 헤이나를 공격해 들어왔다.

퍼억! 퍼벙!!

헤이나의 주먹이 그들의 몸을 때릴 때마다 강렬한 타격음이 들려왔다. 그러나 곰 부족 전사들은 전혀 움츠러드는 기색 없었다.

파앙!

곰 부족 전사 중 한 명이 이마로 헤이나의 주먹을 막아버렸다.

그리곤 굳센 두 팔을 이용해 헤이나의 팔을 붙잡아버렸다.

"감히 어디에 손을 대?"

헤이나는 괴력을 발휘하며 자신의 팔을 붙잡은 사내를 그대로 날려버렸다.

덥썩.

그때 쓰러져 있던 곰 부족 전사도 헤이나의 발을 감싸 안았다.

헤이나가 그를 뿌리치려는 때 소름끼치는 느낌이 전해졌다.

그녀는 본능적으로 허리를 숙였다.

부우웅—!!!

대기를 찢어버리는 소리와 함께 무언가가 그녀의 머리칼을 스치고 지나갔다.

바르밀가의 주먹이었다.

바르밀가는 곧바로 몸을 회전시켰다. 그의 양 팔에 선명한 핏줄이 솟아올랐다.

"우라아!!"

힘껏 고성을 내지른 바르밀가가 계속해서 이번엔 등주먹을 날렸다.

헤이나는 침착하게 바르밀가의 공격들을 피해내었다.

주먹 하나하나에 실린 힘은 헤이나의 등골을 서늘하게 만들 정도로 강했다.

다행인 점은 헤이나가 보고 피할 수 있을 만큼 바르밀가의 공격은 빠르지 못하다는 것이었다.

하지만 바르밀가의 일격 하나 하나 모두 무섭도록 위협적이었다.

후웅!!

그때 헤이나를 향해 검이 날아들었다.

측면에서 이어진 공격에 헤이나도 순간 대처가 늦어버리고 말았다.

그녀가 억지로 몸을 비틀며 검날을 피해내자 큼지막한 주먹이 그녀의 바로 앞까지 다가왔다.

"드디어 잡았다."

콰앙!!

헤이나는 빠르게 두 팔을 들어 올려 바르밀가의 큼지막한 주먹을 막았다.

강한 힘이 실린 일격 덕에 팔목에서 저릿한 통증이 밀려왔다. 이어 주먹을 한껏 당긴 바르밀가가 헤이나를 향해 힘껏 내질렀다.

헤이나도 이번엔 정공법을 선택했다.

후르릉─!!

거친 투기가 헤이나의 주먹을 감쌌다. 그녀도 바르밀가를 향해 주먹을 마주 내질렀다.

투쾅!!

두 사람의 주먹이 충돌하자 강렬한 충격파가 일었다.

"쿡!"

"으윽……!"

바르밀가가 뒤틀린 팔을 부여잡았다.

헤이나는 입에서 피를 쏟고 말았다.

"너무 무리했나……."

그녀의 눈동자가 빠르게 주위를 살폈다.

헤이나의 입가에서 핏물이 흘러내리자 그들도 기회는 이때라고 여겼는지 서서히 거리를 좁혀왔다.

그때 주변에서 요란한 발걸음 소리가 들려왔다.

부스럭!!

저벅저벅.

"이건 좋지 않은데……."

그녀는 천천히 모습을 드러내는 적들의 모습에 입술을 질끈 깨물었다.

바르밀가도 여전한 살기를 드러내며 그녀의 앞에 섰다.

헤이나는 바르밀가와 곰 부족 전사들 뒤편으로 나타난

자들을 살폈다.

"하르스마이어의 부하들인가……."

상황은 절망적이라 할 수 있었다.

당연히 가니카스가 있는 곳으로 갔을 것이라 생각했던 하르스마이어의 부하들이 설마 이곳에 모습을 드러낼 줄은 그녀도 예상치 못했던 것이다.

"이거이거… 생각지도 못한 사람이 이곳에 있었네?"

그들을 이끌고 온 사내가 입꼬리를 말아 올렸다. 사내의 얼굴은 헤이나에게도 익숙했다.

"도그로나드?"

그는 다름 아닌 일전에 칼라반과 서열 전을 치렀던 도그로나드였다.

도그로나드는 곰 부족과의 치열한 전투로 만신창이가 되어버린 헤이나의 모습에 흡족한 얼굴을 하고 있었다.

"세상에 라그나로크에서도 도도한 투사로 불리던 헤이나 네가 그런 꼴을 하고 있을 줄이야. 혼자보기 아까울 정도야."

작금의 헤이나는 한눈에 보기에도 많이 지쳐 보이는 상태였다.

그뿐만 아니라 곰 부족과의 전투로 부상까지 입었으니 이는 도그로나드에게 더없이 좋은 기회였다.

"후후… 네 년이 왜 여기에 있는지는 모르겠지만, 정말 운이 좋았군. 이곳에서 너를 죽이고 하이데에게 돌아가겠다.”

“아유… 아무리 내가 이런 꼴이 되었다고 하지만, 설마 너 따위를 못 이기겠어?”

그러나 말과 다르게 헤이나의 얼굴은 좋지 못했다. 곰 부족 전사들만으로도 벅찬데 도그로나드와 수하들의 등장은 크나큰 변수였다.

“하아… 이건 좀 미치겠네…….”

그녀는 아무에게도 들리지 않을 정도로 혼잣말을 중얼거렸다.

이미 곰 부족 전사들과의 전투로 투기도 상당히 바닥나 있는 상태였다. 두 팔은 작게 경련을 일으키고 있었고 다리는 버티고 서 있기조차 힘든 상태였다.

그런 와중에 바르밀가가 다시금 살기를 드러내며 그녀의 앞으로 다가오고 있었다.

“아까도 말했지 않나? 질척거리는 남자는 질색이라니까.”

헤이나가 다시 자세를 낮게 고쳐 잡았다. 그러나 이미 그녀는 지친 기색이 역력했다.

바르밀가의 외침과 함께 곰 부족 전사들이 그녀를 향해 쇄도했다.

헤이나도 이를 악물고 나서려는 순간, 누군가 그들의 사이로 빠르게 난입했다.

그는 은빛 머리칼을 휘날리며 곰 부족 전사들의 공격을

모두 막아내었다.

뿐만 아니라 그의 손이 지나가는 곳마다 곰 부족 전사들이 흘리는 붉은 핏물이 허공으로 치솟고 있었다.

"뭐…뭐야……?"

헤이나는 갑자기 나타난 의문의 사내에 한시름 놓으면서도 휘둥그레진 눈을 했다.

은빛 머리칼의 사내를 본 바르밀가의 표정은 눈에 띄게 굳어지고 있었다.

"세키라드!!!!"

마치 무언가에 홀리기라도 한 것처럼 바르밀가가 잔뜩 흥분하여 세키라드를 향해 달려들었다.

곰 부족 전사들도 바르밀가를 따라 세키라드를 먼저 노렸다. 그들은 세키라드가 얼마나 위험한 상대인지 누구보다 잘 알고 있었다.

그러나 그들의 기세를 비웃기라도 하듯 세키라드는 한 마리의 늑대처럼 전장 이곳저곳을 누비며 곰 부족 전사들을 도륙하기 시작했다.

그때 누군가 헤이나의 어깨에 손을 올렸다. 그 손의 주인이 누군지는 굳이 돌아보지 않아도 알 수 있었다.

"괜찮나."

"죽을래? 너무 늦었잖아!"

"미안하다. 예상치 못한 상황이 벌어졌었다."

"아아, 됐어. 어쨌건 무사했으니 다행이네. 네가 호수에 빨려 들어갔을 때는 나도 진…….”

스륵.

칼라반의 손이 헤이나의 머리를 쓰다듬었다. 그는 상처 투성이가 된 헤이나를 바라보았다.

그 모습만 봐도 그녀가 곰 부족 전사들을 상대로 얼마나 치열한 전투를 벌였는지 짐작이 되었다.

“고생했다. 그리고 걱정시켜 미안하다.”

“야… 이건 반칙인데…….”

헤이나는 뜨거워지는 귓불을 매만지며 칼라반을 올려다보았다.

살짝 젖은 머리칼에 날렵한 턱선. 우뚝 솟은 콧날까지 눈에 들어오기 시작하니 갑자기 칼라반의 모습이 멋있어 보였다.

그뿐만이 아니었다. 가만히 그를 지켜보고 있으니 어딘가 바뀐 분위기였다.

‘조금 더 차분하게 가라앉은 느낌이랄까… 아냐, 더 어두워져 보인다고 해야 하나… 뭐지……?’

잠시 멍한 얼굴을 하고 있던 헤이나가 세차게 고개를 저었다.

그녀는 다시 나서기 위해 몸을 움직였다.

“쉬고 있어라.”

“나도 그러고 싶은데, 보다시피 그리 좋은 상황은 아니잖아?”

헤이나가 주변을 둘러보며 말했다.

세키라드가 바르밀가와 곰 부족 전사들을 상대한다 해도, 도그로나드가 데려온 하르스마이어의 수하들만 얼추 150명은 넘어보였다.

칼라반 혼자 저들을 모두 상대하는 데엔 무리가 있어보였다. 그렇기에 그녀는 무리를 해서라도 칼라반을 도우려 했다.

도그로나드도 갑자기 나타난 칼라반의 등장에 놀란 눈을 하고 있었다.

"저 자식이 어떻게 여기에……!"

그는 칼라반에게 당했던 수모를 기억했다.

그날 이후로 많은 사람들이 그를 두고 수군거리기 시작했다. 대놓고 비웃는 자들도 적지 않았다.

특히나 하이데의 눈 밖에 난 것이 가장 큰 문제였다. 하이데는 그날 이후 도그로나드에 대한 기대를 일절 거두어버렸다.

그래서 이번 일에도 자청해서 나섰던 것이었다. 조금이라도 하이데의 기대를 다시 돌리기 위한 도그로나드 나름대로의 노력이었다.

그런데 이곳에서 뜻하지 않게 칼라반을 만나게 되었다. 도그로나드는 이내 흘러나오는 미소를 어쩌지 못했다.

"하늘이 나를 저버리시진 않는가보구나. 나에게 다시

이런 기회를 주다니……!"

그는 입가에 회심의 미소를 띠며 대지의 정령들을 소환했다.

칼라반은 그런 도그로나드와 양옆으로 도열해 있는 하르스마이어의 수하들을 차분한 시선으로 바라보고 있었다.

보다 못한 헤이나가 칼라반과 마주섰다.

"내가 절반 맡을 테니까, 나머지 절반 정도는 네가 맡아. 할 수 있겠지?"

"헤이나."

"왜?"

칼라반과 헤이나의 시선이 마주쳤다. 헤이나는 괜히 고개를 돌리며 시선을 피했다.

"네게 해두고 싶은 말이 있다."

"뭐…뭐야…! 가…감동이라도 받은 거라면… 뭐냐, 지금은 그, 분위기가 조금 그러니까…….""

빤히 자신을 바라보는 칼라반의 모습에 헤이나가 저도 모르게 말을 더듬었다.

그녀를 뒤로하고 칼라반이 앞으로 나섰다. 헤이나는 시선에 칼라반의 널찍한 등이 보였다.

"나에 대해 궁금하다고 했지."

"그…그랬지……?"

"지금부터 보여주마."

칼라반이 슬쩍 고개를 돌려 헤이나를 돌아보았다. 그의
검은 눈동자가 헤이나를 응시했다.

그 눈동자를 마주한 순간 헤이나는 저도 모르게 온몸에
전율이 돋기 시작했다.

어둠의 정령술사

"보여준다니 뭐를……?"

칼라반은 헤이나의 물음에 답하지 않았다. 그는 홀로 걸음을 옮기며 앞으로 나아갔다.

칼라반이 단신으로 나서자 대지의 정령 소환을 마친 도그로나드가 선두에 섰다.

"공민! 저번에는 운이 좋았지만, 이번에도 그 운이 통할거란 생각은 않는 게 좋을 거야."

칼라반은 도그로나드의 옆에 선 노르무스와 노움들을 바라보았다.

대지의 정령들이 칼라반을 향해 인사를 보냈다.

[칭호 '정령들의 축복을 받은 자'가 발동 되었습니다.]
[대지의 정령들이 칼라반님을 적으로 인식하지 않습니다.]

이번에도 칭호 효과가 나타났다.

이를 모르고 있는 도그로나드는 노움과 노르무스를 다 그쳤다.

그러나 그의 마음과는 다르게 대지의 정령들은 그저 가만히 있었다.

"이익… 이것들이 또…! 정말 저 녀석에게 뭐가 있기라도 한 건가……!?"

일전에 서열 전을 치렀을 때도 어딘가 느낌이 께름칙하긴 했었다. 그런데 이번 역시도 마찬가지였다.

심지어 노움들은 두려움에 떨기라도 하는 것처럼 몸을 웅크리고 있었다. 노르무스도 칼라반을 바라보며 굳은 얼굴이었다.

도그로나드가 이를 악물며 칼라반을 매섭게 노려보았다.

저벅. 저벅.

칼라반은 조용히 걸음을 옮기며 도그로나드에게 시선을 두었다.

"그대는 아직도 정령들과 소통하지 못하는가보군."

"정령들과 소통을 해!? 하! 웃기지마라! 대지의 정령들은 그저 나의 명령에 따르기만 하면 된다! 그런데 이상하게도 이 멍청한 녀석들이 네놈 앞에만 서면 말을 듣질 않는단 말이지……!"

잔뜩 화가 난 도그로나드의 두 눈썹이 역팔자로 휘었다.

그런 도그로나드를 보며 칼라반은 조용히 고개를 가로저었다.

"정령과 소통하지 못하면 진정한 정령술사라 일컬을 수 없다."

"뭐!? 허튼 소리마라. 네깟 녀석이 정령술사에 대해 뭘 안다고!"

"나는 다른 누구보다 정령술사에 대해 잘 알고 있다."

"개소리!"

도그로나드는 칼라반의 뒤편에서 우두커니 상황을 지켜보고 있는 헤이나를 살폈다.

이제야 그는 칼라반의 목적이 무엇인지 알아차릴 수 있었다.

"오호… 그래 알겠다. 이제 보니 이렇게 시간을 끌어서 헤이나가 회복할 수 있는 틈을 벌어주겠다는 심산이었구나? 하지만 순순히 네놈 뜻대로 흘러가게 두진 않을 거다!"

도그로나드는 어림없다는 얼굴로 고개를 저었다.

그가 한쪽 손을 들어 올리자 도그로나드의 수하들이

무기를 들어올렸다. 하나같이 기세등등한 모습들이었다.

그들의 맞은편에서 칼라반이 멈춰 섰다.

도그로나드의 입가에 비릿한 조소가 흘러나왔다.

"후후, 잘 가라 얼간이…! 네깟 놈이 혼자서 할 수 있는 것은 아무 것도 없다. 그러니 이 많은 병력 앞에서 실컷 네놈의 무능함과 무력함을 느껴봐라!!"

"……."

도그로나드의 얼굴에 희열이 가득했다.

그가 판단하기에 칼라반은 이곳에 있는 수많은 적들을 보며 그저 얼어붙어 아무 것도 못하고 있는 것으로 비춰졌다.

마침내 도그로나드가 손으로 신호를 보냈다. 그러자 공격 명령을 기다리고 있던 하르스마이어의 수하들이 일제히 칼라반을 향해 달려들었다.

칼라반은 조용히 그들이 몰려오는 광경을 지켜보고 섰다.

도그로나드와 그의 수하들이 점점 거리를 좁혀오는데도 칼라반이 가만히 서 있자 답답해진 헤이나가 입을 열었다.

"뭔가 보여준다며!? 왜 그러고 있는 거야?!"

그러나 칼라반은 마치 남의 일인 것처럼 그들을 보고 섰다.

보다 못한 그녀가 결국 움직이려는 때, 칼라반이 서서히 검을 들어올렸다.

그러자 그의 뒤편에 있던 어둠도 크게 일렁이기 시작했다.

슈와아아―!!

칼라반을 중심으로 칠흑 같은 어둠이 삽시간에 퍼져나갔다.

갑작스럽게 번지기 시작한 어둠에 기세등등한 모습으로 짓쳐들던 도그로나드 군은 그때서야 무언가 이상함을 느꼈다.

그러나 돌아서기엔 이미 늦어버린 뒤였다.

내공이 실린 칼라반의 차가운 목소리가 그들의 귓전을 울렸다.

"나와라."

그의 명령과 함께 어둠의 정령들이 어둠속에서 요동치기 시작했다.

[최하급 어둠의 정령 둠(까망이)을 소환합니다.]
[최하급 어둠의 정령 둠(까망이)을 소환합니다.]
[하급 어둠의 정령―어둠잡이 카피오를 소환합니다.]
[중급 어둠의 정령―잔혹극의 광대 루디오를 소환합니다.]
[중급 어둠의 정령―빛을 등진 골렘 두루스를 소환합

니다.]

순식간에 많은 메시지가 칼라반의 눈앞으로 떠올랐다.
동시에 많은 양의 내공이 빠른 속도로 소모되었다.
그의 발밑으로 퍼진 까망이들이 주변 곳곳에 어둠을 뿌
렸다.
—끼루루!!
—끼룩!!!
까망이들이 사방으로 퍼지자 도그로나드 군이 당혹감
을 감추지 못했다.
"이건 무슨 마법이지!?"
"뭐…뭐야……!?!?"
"당황하지마라!! 어차피 상대는 혼자야!!"
어둠의 정령을 처음 보는 그들로선 현재 칼라반이 마법
을 사용한 것이라 생각했다.
게다가 경계했던 것과 달리 주변이 어두워지는 것 말고
별다른 위험은 없어보였다.
결국 그들은 멈추지 않고 나아갔다.
그러나 그들은 알지 못했다. 주위로 퍼지는 이 칠흑 같
은 어둠이 사실은 그들에게 가장 위험한 존재였다는 것
을 말이다.
"죽어라!"
"네놈의 목은 내가 가져가겠다!!"

가장 먼저 칼라반의 지척으로 다다른 세 명의 사내가 검을 휘둘렀다.

그들도 라그나로크에 속해 있었기에 칼라반에 대한 소문은 익히 들어서 알고 있었다.

그랬기 때문에 이번 일격만으로 충분히 칼라반의 목을 가져갈 수 있을 것이라 믿어 의심치 않았다.

도그로나드를 포함한 그들 모두가 눈앞에 칼라반의 행동을 근거 없는 허세쯤으로 보았으니 말이다.

그들이 승리를 확신한 그 순간.

콰득—! 우뚝.

칼라반의 앞에서 거짓말처럼 움직임이 멈춰버렸다.

마치 무언가에 발을 묶이기라도 한 것처럼 그들은 더 이상 발을 내딛지 못했다.

여러 마리의 카피오가 삼지창으로 그들의 그림자를 찍어버린 것이다.

—너희들은 왕께 다가갈 수 없다.

"이…이게 뭐야……?"

"어떻게 된 일이지?"

"몸이 움직이질 않아……!"

언제 모습을 드러낸 것인지 작은 악마 형상의 카피오가 그들을 향해 슬쩍 미소를 지어보였다.

휘링—!!

스가각—!! 좌륵!!

한 줄기 섬광처럼 날아든 검이 그들의 목을 단숨에 잘라버렸다.

칼라반의 검이었다.

목을 잃은 몸뚱이들이 힘없이 허물어지자 카피오들이 어둠을 묶고 있던 삼지창을 회수했다.

칼라반은 검을 휘둘러 검신에 묻은 붉은 핏물을 허공에 뿌렸다.

살기를 드러내며 도그로나드의 수하들이 달려들었다. 이를 본 카피오들이 빠르게 몸을 날렸다.

외형은 조금 귀여워(?) 보일지 몰라도 그들의 손속은 거침없었다. 카피오들이 날카로운 삼지창을 이용해 적들의 몸을 단숨에 꿰뚫었다.

"크아악!!"

"크흡……!"

피를 쏟은 몇몇 사내들이 고통에 몸을 부르르 떨었다.

카피오들이 날뛰기 시작하자 도그로나드의 수하들도 분주해졌다. 작은 체구로 빠른 몸놀림까지 보이는 카피오들을 상대하기란 여간 까다로운 것이 아니었다.

"정신 차려라! 저런 괴상한 것에 놀아나지마! 어차피 우리가 노려야 할 것은 단 하나다!"

그때 그들의 리더 격인 사내가 칼라반을 가리켰다.

그러자 우왕좌왕하던 도그로나드의 수하들도 조금씩 전열을 가다듬기 시작했다.

―오우… 전장에서 지휘관의 존재는 상당히 거슬린답
니다.

여기저기 명령을 내리고 있는 사내의 옆에 가면으로 얼
굴을 가린 루디오가 나타났다.

푸슉―!

루디오의 검이 그의 옆구리를 찔렀다.

"크아악…! 뭐냐, 너는……!!"

생각지도 못한 기습에 사내가 얼굴을 일그러트렸다.

뒤늦게 루디오를 발견한 사내들이 이쪽을 향해 달려들
었다. 날카로운 검날이 사방에서 날아들었다.

그때 루디오의 가면이 웃는 모습으로 바뀌었다. 그 기
괴한 장면을 목격한 자들이 마른 침을 삼켰다.

루디오의 몸이 한순간에 어둠속으로 떨어져버렸다. 덕
분에 거칠게 날아들던 검날들이 허공을 베었다.

"뭐냐…! 어디… 쿨럭!"

"뭐…뭐… 크학!!"

"으아악!!"

여기저기에서 비명이 터져 나왔다. 당황하고 있는 사내
의 뒤에서 루디오가 얼굴을 들이밀었다.

"어느새……!"

스강―!

촤륵!!

어둠으로 만들어진 검이 사내의 어깻죽지를 파고들었다.

루디오의 정면에서 창날이 날아들었다. 이에 루디오가 몸을 뒤로 젖혔다.

그러자 어둠속으로 루디오의 몸이 빨려 들어갔다.

"이런……!"

뒤편에 자리한 어둠에서 또다시 루디오가 모습을 드러냈다.

─반가워요.

루디오의 검날이 여지없이 사내의 복부를 뚫고 지나갔다. 소환된 카피오들과 루디오들이 날뛰기 시작하자 전장은 삽시간에 아수라장이 되었다.

그 중에서도 단연 발군의 존재감을 드러내는 것은 칼라반이었다. 그는 거침없는 검격을 날릴 때마다 적들이 우후죽순으로 쓰러져갔다.

예전의 그였다면 결코 상상조차 할 수 없는 상황. 어둠의 정령들에게 보호받으며 전장을 지휘하던 그때와는 전혀 달랐다.

오히려 지금은 칼라반이 중심이 되어 전투를 이끌어가고 있었다.

"괴…괴물…! 죽어라!!"

그때 어디선가 날아온 붉은 화염구가 칼라반을 노렸다. 멀리서 미리 마법을 캐스팅하고 있던 마법사가 쏘아낸 불덩이였다.

칼라반은 자신을 향해 날아오는 불덩이를 보고도 피하

려들지 않았다.

후웅—!

퍼버벙!!!

어둠으로 물든 대지에서 커다란 손바닥이 튀어나왔다. 커다란 손바닥에 부딪힌 불덩이는 한순간에 사그라들고 말았다.

"오랜만이구나, 두루스."

칼라반의 말이 끝나자마자 칠흑빛깔의 골렘이 대지를 짚고 올라섰다.

어둠 속에서 올라온 두루스가 커다란 몸체를 온전히 드러내며 장엄함을 발산했다.

"고…골렘…!?"

"뭐야… 저 자도 하르스마이어님처럼 마물들을 다룰 줄 아시는 건가……?"

"아냐…! 그럴 리가 없잖아! 그 힘은 하르스마이어님이나 하이데님처럼 그 가문의 특별한 피를 물려받은 사람들만 사용할 수 있는 거라고……!"

"그럼 대체 저것들은 어떻게 설명할 수 있는 거야!?"

사내의 질문에 답할 수 있는 자는 아무도 없었다.

그러나 전장을 휘젓고 있는 괴 생명체들의 모습은 아무리 봐도 마물에 가까웠다.

그때 누군가가 하얗게 질린 얼굴로 몸을 부르르 떨기 시작했다. 그의 눈에 극심한 공포가 자리하고 있었다.

동료들이 사내의 상태를 확인했다.

"이봐! 정신 차려!! 넋을 놓고 있을 때가 아니라고!!"

"갑자기 왜 그러는 거야!?"

"새…생각났어……."

"생각났다니 뭐가!?"

입술까지 파래진 사내가 괴생명체들을 손가락으로 가리켰다.

"저것들이 뭔지 생각났다고… 트…틀림없어… 저건 어둠의 정령들이야……!"

사내의 말에 주변에 있던 이들 모두 약속이라도 한 듯 얼굴이 딱딱하게 굳어버렸다.

그들뿐만이 아니었다. 지근거리에 있던 도그로나드도 경악에 가까운 얼굴을 하고 있었다.

"마…말도 안 돼!!"

"그래! 아무리 겁에 질렸다고 해도 그딴 미친 소리를……!!"

"어둠의 정령을 부릴 수 있는 사람은 이 세상에 단 한 명밖에 없다고!!"

그들이 말도 안 되는 얘기라며 사내의 얘기를 받아들이길 애써 거부했다.

그러나 사내는 이미 확신하고 있었다. 예전 전장에서 살아 돌아온 자에게 분명히 들은 적이 있었다.

"주변을 어둠으로 물들이고… 삼지창을 든 악마에…

어둠의 골렘… 가면을 쓴 괴물까지… 내가 들었던 것과 똑같아… 그렇다면…….”

그는 전장의 중심에 서 있는 사내를 바라보았다.

“카…칼라반 대기사장… 그가… 살아 있었어…….”

발사믹의 함정

사내의 말은 엄청난 파장을 불러일으켰다. 그의 말이 사실인지 아닌지는 중요치 않았다.

그의 입에서 칼라반이라는 존재가 흘러나왔다는 것만으로도 이곳에 있는 모두를 동요시키기에 충분했다.

특히나 사내만큼이나 도그로나드도 잔뜩 두려움에 사로잡혀 있었다.

그는 부르르 떨리는 입술을 힘겹게 열었다.

"마…말도 안 돼… 칼라반은 죽었어…! 그…그냥 운 좋게 어둠의 정령과 계약한……!"

그러나 도그로나드는 본인이 말해놓고도 어이가 없었다.

과연 어둠의 정령들과 계약을 한다는 것이 운만으로 가능할까. 단언컨대 그런 일은 결코 존재할 수 없었다.

어둠의 정령은 다른 이름으로 죽음의 인도자들이라 불렸다. 때문에 어둠의 정령과 계약을 하려면 사자(死者)가 되어야 한다는 얘기까지도 들려왔었다.

결국 그런 이유로 지금까지도 어둠의 정령과 계약한 사람은 세상에 유일무이 했다.

칼라반이 천천히 걸음을 옮겼다. 어둠의 정령들이 그를 위시했다.

도그로나드가 본능적으로 뒷걸음질 치기 시작했다.

칼라반과 함께 다가오는 어둠. 스산한 기운마저 풍기는 어둠의 정령들까지.

다가오는 죽음을 형상화 한다면 바로 저 모습이 아닐까 싶었다.

그때 칼라반이 도그로나드를 보며 입을 열었다.

"말했지 않나. 정령술사라면 내가 더 잘 알거라고."

칼라반의 말은 곧 자신이 어둠의 정령술사임을 인정하는 것이나 다름없었다.

그의 말은 곧 여기 있는 모두에게 절망으로 다가왔다.

"마…말도 안 돼… 칼라반은 죽었는데… 그…그럼 당신이 정말로……."

"나는 어둠의 정령술사다."

칼라반이 팔을 뻗었다. 그러자 어둠의 물결이 빠른 속

도로 그들을 향해 흘렀다.

"히…히익……!"

"도…도망쳐!!"

"뭔가 다가온다!!!!"

모두가 전의를 잃고 말았다. 그 자리에 얼어붙은 도그로나드를 두고 일제히 도망가기 시작했다.

그러나 파도처럼 밀려오는 어둠의 물결은 순식간에 그들을 따라잡았다.

슈와아앙—!

어둠 속에서 튀어나온 거대한 입이 날카로운 송곳니를 드러냈다.

그 모습이 흡사 상어의 아가리를 닮아 있었다.

"으…으아아!!"

"살려줘!!"

"이…이대로 죽을 순 없어……!!"

크게 벌린 입이 단숨에 도그로나드와 적들을 집어삼켜 버리고 말았다.

[상급 어둠의 정령—통곡의 포식자 아페티를 소환했습니다.]

칼라반의 눈앞에 메시지가 떠올랐다.

그가 드루이드의 힘을 빌려 계약했던 상급 어둠의 정령

은 바로 아페티였다.

어둠 속을 자유롭게 헤엄치며 늘 허기에 굶주려 있는 포식자.

그것이 바로 아페티였다.

이 모든 광경을 지켜보던 헤이나는 그 자리에 털썩 주저앉아 버리고 말았다.

그녀는 눈앞에서 벌어진 믿을 수 없는 모든 광경에 그저 헛웃음만 새어나왔다.

"내…내가 지금 뭘 보고 있는 거야……?"

*　*　*

곰 부족 주둔지의 병력들이 빠져나가고 일단의 무리가 슬금슬금 움직였다. 그들은 몸을 한껏 낮추며 짧은 보폭으로 움직였다. 그들이 움직임에 조심을 기하자 아무런 소리도 나지 않았다.

가장 선두에 선 세오나의 눈동자가 양옆을 살폈다.

다행히 많은 전사들이 빠져나간 덕분에 경계 서고 있는 곰 부족 전사들은 그리 많지 않았다.

그녀가 조용히 손을 들어올렸다. 그러자 뒤에서 대기하고 있던 늑대 부족 전사들이 천천히 앞으로 다가왔다. 세오나를 도와주기 위해 뒤따라온 정예 전사들이었다.

그들은 먹잇감을 노리는 맹수의 눈빛으로 곰 부족 전사

나 홀로
이세계 플레이어　206

들을 노려보았다.

"신속하고 정확하게 놈들을 죽여야 한다."

"예."

"맡겨만 주십시오."

세오나가 먼저 빠르게 몸을 날렸다. 뒤이어 늑대 부족 전사들도 그녀를 따라 날쌔게 움직였다.

그들은 가까이에 보초를 서고 있던 곰 부족 전사들부터 노렸다. 날카롭게 벼려진 단검이 곰 부족 전사들의 승모근을 파고들었다.

단검이 짧은 직선을 그리자 곰 부족 전사들이 단숨에 절명하고 말았다.

이에 놀란 곰 부족 전사가 크게 소리치려 했으나 어째서인지 아무런 목소리가 나오질 않았다.

"끄어……."

바람이 세어나가는 목소리가 들릴 무렵 그는 목에서 느껴지는 뜨거운 통증에 두 손을 가져갔다. 붉은 핏물이 손바닥을 적셨다. 그것이 사내의 마지막 기억이었다.

힘없이 늘어진 곰 부족 전사의 몸을 세오나가 천천히 바닥에 눕혔다.

크게 소란이 일어난 것이 아니었기에 아직 안쪽의 전사들은 이쪽의 상황을 모르고 있었다.

"나와 다섯은 이쪽으로 간다. 너희 다섯은 반대편으로 향하라."

세오나의 명령에 늑대 부족 전사들이 일사분란하게 움직였다. 그 모습은 마치 훈련이 잘 된 병사들을 보고 있는 것만 같았다.

이에 흥미로움을 느낀 유운량이 입가에 호선을 그리며 그들의 움직임을 살폈다.

"마치 이런 일이 자주 있었던 것처럼 익숙하군요. 판단을 내리지 못하고 허우적대진 않을까 염려스러웠는데… 괜한 기우였던 것 같습니다."

유운량도 곰 부족 주둔지를 살피고 있었다. 그는 가장 먼저 지형의 형세를 살폈다.

이제 보니 여러 개의 굴들이 눈에 띄었다.

"저 석굴(石窟)안에 터를 잡은 모양이군요. 마치 곰들의 습성을 따온 것처럼……."

세오나와 늑대 부족이 신속히 움직인 덕분에 외곽에 보초를 서고 있던 곰 부족 전사들은 순식간에 정리되었다.

유운량은 이 같은 상황을 살피며 세오나의 말이 비단 과장된 것만은 아니라는 생각이 들었다.

세오나는 겨우 이 정도 인원만으로 충분하냐는 칼라반의 말에 자신 있게 답했었다.

"우리 늑대 부족을 얕보지 마라. 달 아래의 늑대들은 그 어느 때보다 맹렬하다. 곰 부족 놈들의 목으로 길을 놓아 주겠다."

그 말을 증명하기라도 하듯 유운량이 가는 길엔 곰 부

나 홀로
이세계 플레이어

족 전사들의 시체가 뒹굴고 있었다. 모두 단칼에 죽임을 당한 이들이었다.

세오나를 따라 온 자들은 늑대 부족 안에서도 최정예 전사들인 만큼 그 손속에 자비 따윈 전혀 없었다.

더군다나 그들을 이끌던 대장이 바로 최강의 늑대 세키라드였다.

세키라드가 곰 부족 전사들에게 유린당했던 장면을 목격했던 그들이었기에, 곰 부족 전사들에 대한 증오와 분노는 누구보다도 강했다.

그들은 스산하게 다가온 사신처럼 곰 부족 전사들의 목을 거두어갔다.

그러나 아무리 그들의 기습이 성공적으로 이루어졌다 해도 곰 부족 역시 녹록치 않은 자들이었다.

그들은 주둔지로 침입해 들어온 습격자들의 존재를 금세 알아차렸다.

"모두 방어태세로!!"

"들쥐들이 숨어들어 왔다!!"

남아 있던 곰 부족 전사들이 속속들이 모여들었다.

"여기 있다!!"

"놈들이 여기에 있다!!"

몸을 숨기며 빠르게 이동하던 늑대 부족 전사들이 곰 부족 전사들의 눈에 발각되고 말았다.

곰 부족 전사들은 성난 기세로 그들을 향해 달려들었다.

"본격적인 사냥을 준비해라."

"다 찢어발긴다!"

"대장 전사의 복수를!"

늘대 부족 전사들은 더 이상 몸을 숨기길 거부하고 전면에 나섰다.

그들의 숫자를 확인한 곰 부족 전사들이 코웃음을 쳤다.

겨우 다섯 명 뿐이라니. 곰 부족의 부족장 쿰바는 비릿한 조소를 지었다.

"보아하니 은빛늘대들인 것 같은데… 고작 너희 다섯 명만으로는 이곳을 어찌할 수 없을 거다."

늘대 부족 최강의 전사인 세키라드는 은빛 머리칼을 가지고 있었다. 덕분에 세키라드를 따르는 최정예 늘대 전사들도 은빛늘대라는 별명을 갖게 되었다.

반면 곰 부족 전사들의 최정예들은 붉은곰이라 불렸다. 그들의 수장격인 바르밀가가 바로 적토색 가죽을 뒤집어쓰고 있었기 때문이다.

비록 이곳에 붉은 곰들이 있는 것은 아니었지만 쿰바는 그다지 걱정하지 않았다.

은빛늘대들이 모두 왔으면 모를까 겨우 다섯 명 정도는 지금 이곳에 남은 곰 부족 전사들만으로 충분히 제압할 수 있었다.

"그나저나 정말 이곳을 노릴 줄은 몰랐군. 대륙인의 말이 아니었다면 꼼짝없이 당할 뻔했어."

쿰바는 자신에게 미리 귀띔해준 대륙인, 발사믹에게 다시 한 번 놀라고 있었다.

그는 족장인 우라후가 떠나기 전 혹시나 적들이 이곳을 노릴지도 모른다는 말을 했었다.

우라후는 터무니없는 말이라 여겼지만 쿰바는 달랐다.

쿰바가 발사믹의 얘기에 귀를 기울이는 듯하자 우라후도 발사믹의 얘기를 들어주었다. 덕분에 그는 모든 전사들을 데리고 가지 않고 이곳을 지킬 전사들을 두고 떠났다.

우라후가 남겨둔 전사들은 토굴 속에 몸을 숨기고 있는 중이었다. 그러나 이곳으로 온 습격자들이 은빛늑대 5명인 것을 보자 쿰바는 김이 샌 기분이었다.

하지만 습격자는 습격자. 감히 곰 부족 주둔지에 숨어든 저들을 쉽게 용서할 생각은 추호도 없었다.

그때 문득 쿰바의 머릿속에 스쳐지나가는 생각이 있었다.

"그런데 어째서 은빛늑대들이 이곳에 있는 거지?"

그렇지 않아도 늑대 부족의 족장 딸 세오나가 행방불명된 것이 영 찜찜하던 차였다.

그런데 이곳에 늑대 부족 전사들이 모습을 드러내니 그 찜찜함이 다시 올라오기 시작했다.

아니나 다를까. 곰 부족 전사 한 명이 허겁지겁 그를 향해 달려왔다.

"무슨 일이냐?"

쿰바는 불안함을 안은 눈빛으로 사내를 쳐다보았다. 그는 파랗게 질린 표정으로 한쪽을 가리켰다.

"감옥이……."

"감옥이 뭐?"

"감옥이 무너졌습니다……!"

"뭐라고!?!?"

쿰바는 생각지도 못한 상황에 두 눈을 부릅떴다. 그는 눈앞에 있는 사내를 붙잡고 다그치듯 물었다.

"안에 있는 놈들은?! 놈들은 어떻게 되었지!?"

"그게……."

사내가 한쪽을 가리켰다.

감옥에 가둬두었던 산악 민족들이 하나둘 빠져나오고 있는 것이 보였다.

"이런 한심한……!!"

얼굴을 잔뜩 일그러트린 쿰바가 감옥이 있는 쪽으로 몸을 돌렸다.

아직 이곳에 은빛늑대들이 버티고 있긴 했지만 저들 정도라면 금방 처리할 수 있을 것이라 여겼다.

하지만 문제는 감옥 쪽이었다.

자신이 이곳으로 와 있는 동안 설마하니 감옥을 노릴 줄은 전혀 예상치 못하고 있었다.

"곰들을 풀어라!"

"예? 하지만 곰들을 함부로 풀면 우라후 족장이 화를 낼 겁니다……!"

"어쩔 수 없다! 지금은 포로들이 도망가지 못하게 만드는 것이 더 중요하다!"

"곰들이 저들을 먹기라도 하면…….”

"도망가는 것보다 훨씬 낫다! 서둘러라!!"

다급한 표정으로 외치는 쿰바의 곁으로 금발 머리의 사내가 다가왔다.

그는 쿰바의 어깨에 손을 올리며 안심하라는 듯 툭툭 두드려주었다.

"호들갑 떨 것 없다. 저쪽은 내가 맡도록 하지."

"발사믹?"

"쥐새끼들이 숨어들어올 것은 이미 예상한 일이다. 거기다 놈들이 이곳으로 숨어들어 온다면 노릴 것은 몇 가지 없지. 하나는 족장인 우라후의 목이고 다른 하나는 붙잡힌 포로들이다. 아무래도 이번 쥐새끼들은 포로들을 노리는 모양이야.”

발사믹은 석굴 감옥의 입구를 무너트리고 있는 세오나와 다른 늑대 부족 전사들을 보며 조소를 흘렸다.

감옥을 지키던 곰 부족 전사들이 열심히 항전했지만 은빛늑대들의 실력은 만만치 않았다.

"저기에도 은빛늑대들이……!"

쿰바가 이를 악물며 분노를 드러내었다. 그러나 발사믹은 쿰바와 다르게 여유를 보이고 있었다.

이를 이상하게 여긴 쿰바가 그를 돌아보았다.

"저기는 그대가 맡는다더니 여기서 가만히 보고만 있을 건가?"

"이미 조치는 다 취해두었다. 이곳에서 지켜보기만 하면 돼."

"뭐?"

발사믹은 슬슬 때가 되었다 싶었는지 천천히 몸을 이동했다.

그는 쿰바 쪽을 돌아보며 한 마디 더 거드는 것을 잊지 않았다.

"잘 보라고. 내가 놈들을 위해 미리 준비해 둔 선물이 있으니 말이야."

세키라드의 귀환

발사믹의 신호에 몇몇 인영들이 움직였다.

때맞춰 감옥을 지키던 곰 부족 전사들도 서서히 자리에서 물러나기 시작했다.

그들은 마치 은빛늑대들의 공격에 뒤로 물러나는 것처럼 자연스러웠다.

평소라면 은빛늑대들도 이를 이상하게 여길 법 하건만 그들은 지금 곰 부족에 대한 분노와 세오나의 안전을 생각하느라 눈치채지 못하고 있었다.

그때 세오나가 붙잡혀 있던 늑대 부족들을 데리고 감옥에서 나왔다. 그녀의 얼굴은 어두워져 있었다.

"세오나님 무슨 일이십니까."

"어머니가… 이곳에 없다…….."

당연히 족장인 세루라가 이곳에 갇혀 있을 것이라 생각했는데 세루라의 흔적은 어디에도 보이질 않았다.

그 때문에 주변 늑대 부족민들에게도 물어봤으나 그들은 모두 며칠 전 아라후가 그녀를 끌고나갔다는 얘기만 할 뿐, 이후의 소식은 전혀 모르고 있었다.

이에 불안함을 느낀 세오나가 굳은 얼굴을 하고 있을 무렵, 그들의 앞으로 발사믹이 다가왔다.

"이것 참… 가출했던 새끼 늑대가 용케도 이런 발칙한 짓을 꾸몄군."

"너는……!"

발사믹을 알아본 세오나가 얼굴을 일그러트렸다.

그를 본 것은 단 한 번. 하지만 결코 잊을 수 없는 얼굴이었다.

그가 바로 자신의 어머니를 함정에 빠트린 장본인이었으니 말이다.

"후후… 그렇게 일그러진 얼굴을 지켜보고 있으니 기분이 좋군."

"어머니를 어디로 데려간 것이냐!"

"응? 네 년이 찾고 있는 자가 혹시 저 여자를 말하는 거냐?"

발사믹이 미소를 보이며 손가락으로 위를 가리켰다.

그의 손짓에 늑대족 모두가 시선을 위로 돌렸다.

"아아……."

"세루라님!!"

"흡……!!!"

그곳에 보이는 광경에 모두가 절망어린 탄식을 내뱉었다. 특히나 세오나는 붉게 충혈 될 정도로 눈을 부릅떴다.

"으하하하!! 그러게 내가 늘 말했잖아. 네 년이 도망치면 네 년 어미의 목숨도 끝이라고. 그러게 빨리 돌아왔어야지."

발사믹이 대놓고 조소를 흘렸다. 곁에 서 있던 그의 수하들도 절망하고 있는 늑대족을 보며 조롱했다.

"…죽인다…! 네놈들의 사지를 하나하나 다 잘라 들짐승들의 먹이로 던져주겠다!!"

분노에 사로잡힌 세오나가 이를 악물었다. 그녀뿐만 아니라 늑대족 모두가 분노를 드러내었다.

"큭큭… 안됐지만, 네놈들도 거기서 다 죽음을 맞이할 운명이다."

딱!

발사믹이 손가락을 튕겼다.

그러자 위에서 커다란 바위와 나무들이 떨어지기 시작했다. 감옥 위의 석벽과 나무들이 무너져 내리기 시작한 것이다.

"세오나님!!"

"세오나님을 지켜라!!!"

당황한 늑대족 전사들이 세오나가 있는 곳으로 뛰어들었다.

세오나도 위에서부터 들려오는 거친 소리에 고개를 들었다.

자신이 아무리 빨리 내달린다 해도 하늘을 뒤덮은 바위 덩어리와 나무들을 모두 피해낼 순 없을 것 같았다.

"으아아아—!!!!"

그녀는 분노에 찬 괴성을 질렀다.

이대로 목숨을 잃는다면 억울하고 원통해 견디지 못할 것 같았다.

그녀의 시선이 발사믹에게로 향했다. 발사믹은 그녀를 바라보며 웃고 있었다.

세오나가 아무리 뛰어난 전사라고 해도 저런 상황에서 결코 살아남지 못하리라 자신하고 있었다.

"후훗. 멍청한 늑대 계집… 그곳에서 편히 죽어라."

발사믹 뿐 아니라 쿰바도 이 상황이 손쉽게 해결될 것이라 믿고 있었다.

적어도 한 사내가 나타나기 전까지는 말이다.

"안됐지만 당신들의 계획대로는 안 될 겁니다."

세오나가 있는 곳 근처로 유운량이 모습을 드러냈다.

그가 파초선을 들어 힘껏 부쳤다.

후웅─!!!

파초선에서부터 거센 바람이 시작되었다. 그러나 이 정도 강풍으로 바위와 나무들을 걷어내기엔 어림없었다.

유운량은 곧바로 한 번 더 파초선을 크게 부쳤다.

후우웅─!!

슈와아아!!!

그러자 강풍이 엉키며 거센 소용돌이를 만들었다.

소용돌이는 늑대족을 향해 떨어지던 바위들과 나무들을 다른 방향으로 밀어내버렸다.

"너는……."

세오나는 그 자리에 멍하니 서서 유운량을 바라보았다.

꼼짝없이 죽음을 맞이하리라 생각했던 늑대족도 유운량이 일으킨 믿을 수 없는 결과에 어안이 벙벙해진 채로 서 있었다.

"뭘 그렇게 멍하니 서 있는 겁니까? 이제 본격적으로 복수를 시작할 때입니다."

유운량의 말에 뒤늦게 세오나도 정신을 차렸다.

어쨌거나 유운량의 등장으로 발사믹의 함정은 허무하게 끝나버리고 말았다. 이제는 반격에 나설 때였다.

"모두들 무기를 들어라!"

세오나의 명령에 늑대족 모두가 무기로 쓸 수 있는 모든 것들을 집어 들었다.

은빛 늑대들이 그녀를 중심으로 섰다.

"우리들도 싸우겠소."

"이대로 도망가는 것보다 저 눈엣가시 같은 놈들을 죽이는 게 더 속 시원할 것 같군."

"나는 독수리 부족 족장 가룬달이라고 합니다. 부디 힘을 합칠 수 있도록 허락해주십시오."

늑대족 뿐만이 아니었다.

감옥에서 탈출한 다른 부족들도 함께 싸우기 위해 모여들었다. 이들의 모습에 발사믹의 얼굴이 보기 좋게 일그러지고 말았다.

그는 매서운 눈으로 유운량을 노려보았다.

"어디서 굴러 온지도 모를 뼈다귀 같은 것이 나의 계획을 이렇게 망가트려 놓다니……."

"발사믹님… 분위기가 좋지 않습니다. 피하셔야 할 것 같습니다."

"멍청한 소리! 어차피 놈들은 다 죽어가던 산짐승 같은 놈들이다! 계획이 망가지긴 했지만 결과는 다름없다! 그러니 놈들과 싸울 준비를 해라!!"

발사믹의 외침에 수하들도 하는 수 없이 전투준비에 들어갔다.

그때 그의 곁으로 쿰바가 다가왔다. 그는 대놓고 실망감을 드러내고 있었다.

"계획이 있다더니… 고작 이런 거였나?"

"쯧… 시끄럽다. 대체 저 놈은 뭐냐!? 산민족처럼 보이

진 않는데……."

"그건 내가 묻고 싶다. 그러나… 어차피 저 자가 누구든 상관없다."

쿰바가 손을 높이 들어올렸다. 그러자 땅굴에 숨어 있던 곰 부족 전사들이 일제히 모습을 드러내기 시작했다.

그들은 늑대족과 다른 산민족들을 보며 강한 살기를 띠었다. 당장이라도 그들을 죽이기 위해 짓쳐들 것만 같은 기세였다.

"세오나님. 생각보다 적들의 숫자가 많은 것 같습니다. 게다가 저희들의 뒤에는 전투를 할 줄 모르는 일반 부족민들도 있습니다. 이들을 지키며 싸우기엔……."

은빛 늑대 한 명이 살며시 다가와 말했다.

세오나도 작금의 상황을 모르는 것은 아니었다. 그러나 저들을 앞에 두고 성공적으로 이곳을 빠져나가기란 더욱 불가능에 가까운 일이었다.

때문에 어쩔 수 없는 선택을 해야 했다.

"…강행돌파다. 하는 수 없어."

"알겠습니다."

"명대로 따르겠습니다."

세오나의 선택에 모두가 그녀를 따랐다.

전투를 치르지 못할 것 같은 자들은 뒤로 물러서게 했다.

"이분들은 걱정 마십시오. 제가 지키도록 하겠습니다."

유운량이 파초선을 살랑거리며 다가왔다.

그의 등장에 늑대 부족들이 물러섰다.

그들은 자신들을 도와준 유운량을 경계하지 않았다.

뿐만 아니라 소용돌이를 일으키던 유운량의 모습을 기억하기에 그를 경외심 어린 눈빛으로 보기까지 했다.

이를 확인한 세오나가 마음 놓고 곰 부족을 향해 돌진하기 시작했다.

그녀가 움직이기 시작하자 늑대 부족과 다른 산민족들도 함께 돌진했다.

"건방진 놈들을 죽여라!!"

쿰바의 명령에 곰 부족 전사들도 일제히 함성을 지르며 발을 굴렀다.

순식간에 산악 민족들 간의 전투가 시작되었다.

늑대 부족과 다른 부족원들은 그간 감금되어 있었던 원한을 풀기라도 하듯 거세게 곰 부족 전사들에게 맞섰다.

곰 부족 전사들도 만만치 않은 전투 실력을 발휘하며 적들과 싸웠다.

그들이 우직한 공격을 내지르면 늑대 부족 전사들은 날랜 몸놀림으로 피해 다녔다.

그중에서도 은빛 늑대들은 더욱 기민한 움직임을 보여주며 곰 부족 전사들을 압도했다.

뿐만 아니라 자신을 독수리 부족이라 소개했던 전사도 예상 이상의 전투실력을 보여주고 있었다.

특히나 이들의 선두에 선 세오나의 실력은 단연 두드러졌다. 그녀는 거침없이 전장을 휘저으며 곰 부족 전사들의 급소를 공격했다.

그런 세오나의 모습은 사나운 늑대와 다름없어 보였다.

"호오… 저자가 바로 세오나로군. 늑대 부족에서 끔찍이도 아끼는 전사라더니… 그렇게 말할만한 이유가 있었어."

"늑대 부족의 미래가 밝군. 저 정도면 세키라드도 금방 따라잡는 것 아냐?"

"에이… 그대는 지금까지 세키라드를 보지 못했나보군? 그 녀석이 싸우는 것을 직접 봤다면 절대 그런 얘긴 못 할 거다."

늑대 부족의 전투를 보며 타 부족 전사들이 수군대기 시작했다.

그러면서도 전투의 양상은 더욱 치열해져가고 있었다.

"쯧… 쉽게 이길 수 있을 것처럼 얘기하더니… 이대로는 안 되겠군."

보다 못한 발사믹이 대기하고 있던 그의 수하들도 투입시켰다.

자신을 지키게 하기 위해 남겨두었던 전력이었지만 작금의 상황이 좋지 못했기에 어쩔 수 없이 투입해야 했다.

스무 명 남짓의 병력들이었지만 전황을 바꾸기에는 충분했다.

갑작스러운 복병들의 등장에 다른 산악민족들이 당황하기 시작했다. 반면 곰 부족 전사들은 아군이 늘었음에 더욱 사기를 높였다.

그들의 등장으로 늑대 부족 연합이 밀리기 시작했다.

"놈들을 죽여라!!"

세오나의 시선이 쿰바에게로 향했다.

이 상황에서 쿰바만 먼저 죽일 수 있다면 다시 전황을 뒤집기에 충분했다.

그러나 무작정 돌진하기엔 무리가 있는 상황이었다. 자신이 함부로 자리를 비우면 이곳이 뚫려 피해가 늘어날 수도 있었다.

그녀가 이도저도 못하고 고민하고 있는 때 어디선가 익숙한 목소리가 들려왔다.

"뭐야, 너. 실컷 잘난 척 하더니 겨우 이런 상황도 해결하지 못하는 거야?"

"너는……."

어느새 전장으로 난입한 긴 머리칼의 여인이 거침없이 발을 휘두르며 갈색옷의 사내들을 걷어 차버렸다.

그녀의 등장에 잔뜩 흥분한 곰 부족 전사가 죽일 기세로 도끼를 휘둘렀으나 이내 이상함을 느꼈다.

두 손에 묵직한 감각이 전해져야 하는데 아무런 느낌이 들지 않은 것이다.

"……?"

좌라락—!!!

두 팔에 뜨거운 고통이 밀려왔다.

"끄아아—!!!"

곰 부족 사내가 소리치며 쓰러짐과 동시에 다른 곳에서 붉은 핏물들이 튀어 올랐다.

그들의 사이로 누군가 신속하게 검을 휘두르고 있었다.

이미 딱딱하게 굳어버린 피딱지 위로 다시 뜨거운 핏물이 묻어나고 있었다. 그렇지만 사내는 개의치 않는 듯 계속해서 움직였다.

그를 본 늑대 부족 전사들이 환희에 가득 찬 얼굴을 했다. 특히나 은빛 늑대들은 마치 진짜 늑대처럼 하울링 하듯 울부짖기 시작했다.

대장의 귀환. 그토록 기다렸던 대장이 돌아온 것이었다.

"세…세키라드… 네가 어떻게……!"

쿰바는 믿을 수 없다는 얼굴로 그를 바라보았다.

곰 부족 전사들의 얼굴이 순식간에 어둠으로 물들기 시작했다. 다른 누구도 아닌 세키라드의 등장은 그들을 절망으로 물들이기에 충분했다.

그러나 이런 상황을 두고 볼 수만은 없는 노릇. 쿰바는 세차게 고개를 저으며 검을 치켜들었다.

"물러서지 마라!! 조금만 더 버티면 곧 아라후 족장님이 전사들을 이끌고 돌아올 것이다! 거기다 우리에겐 붉은곰 바르밀가가 있다! 그가 곧 붉은 곰들을 이끌…….”

우렁차게 외치던 쿰바는 곧 사색이 되고 말았다.

때마침 그의 앞으로 굴러오는 머리가 있었다. 몸뚱이를 잃은 머리는 두 눈을 부릅뜬 상태였다.

“바…바르밀가!!!”

“바르밀가님!!!”

“으어어—!!”

쿰바를 비롯한 곰 부족 전사들은 눈앞에서 보고도 믿을 수가 없었다.

분명 바르밀가의 얼굴이었던 것이다.

곰 부족의 몰락

"이놈들!!!!!"

쿰바가 분노를 드러내며 내달렸다.

그러나 어느새 그의 앞까지 치달은 세오나가 검을 휘두르고 있었다.

"끝이다!!"

이성을 잃어 세오나가 자신의 지근거리까지 다가온 줄도 몰랐던 쿰바는 그녀에게 일격을 허용하고 말았다.

그러나 본능적인 움직임 덕에 세오나의 검은 그의 목을 스치고 지나갔다.

"이런 건방진 애송이가!!"

세키라드에 당황했다곤 하지만 쿰바 역시 곰 부족 내에서 인정받는 전사였다.

비록 지금은 아라후에 밀려 족장의 오른팔 노릇을 하고 있었지만 한 때는 아라후와 함께 족장 후보로 추앙받던 인물이었다. 그러니 쿰바의 실력이 결코 만만할리 없었다.

그는 곧바로 발을 내딛으며 반격을 가했다. 세오나는 날아드는 공격에 허리를 숙여 가볍게 피해내었다.

그녀가 대지를 박차자 몸이 튕기듯 쏘아져 나갔다. 쿰바는 여유롭게 도끼를 당기며 그녀의 공격에 대비했다.

단검과 도끼가 부딪히자 날카로운 쇳소리가 들렸다.

쿰바는 빠른 움직임의 세오나를 붙잡기 위해 힘에 박차를 가했다. 그의 팔뚝이 한층 두꺼워지며 핏줄이 선명해졌다.

부우웅―!

쿰바의 도끼가 허공을 가를 때마다 대기를 가르는 소리가 사방에 울려 퍼졌다.

세오나는 그의 공격을 정면으로 받아내지 않고 빠른 몸놀림을 이용해 피해 다녔다.

그러면서도 그녀의 눈은 매섭게 쿰바의 빈틈을 찾고 있었다.

계속해서 도끼를 휘두름에도 쿰바는 숨찬 기색 하나 없었다. 오히려 그는 도끼와 한 몸이라도 된 듯 자유롭게

공격을 펼치고 있었다.

그때 세오나가 눈을 빛내며 먼저 거리를 좁혔다.

"건방지구나!!"

이번이 기회라고 생각한 쿰바가 도끼를 사선으로 그었다.

세오나가 자세를 낮추며 비스듬히 보폭을 내밀었다. 그때 쿰바의 도끼가 방향을 비틀며 세오나의 상반신을 노리고 들었다.

"걸려들었구나!!"

금방이라도 쿰바의 도끼가 세오나의 정수리를 반으로 쪼갤 것처럼 보였다.

세오나는 한순간 더욱 자세를 낮추며 검을 수평으로 휘둘렀다.

스각!

그녀의 검이 쿰바의 발목을 베고 지나갔다. 그러나 이 정도의 고통쯤은 충분히 참을 수 있었다.

쿰바는 더욱 속도를 가해 도끼를 내리쳤다.

쿵!

도끼는 세오나가 아닌 대지에 박혔다. 그 사이 공격을 피한 세오나가 재빠르게 몸을 일으켰다.

스가각!!

그녀의 검이 쿰바의 허벅지부터 허리선까지 베어버렸다.

"크아아!!!"

느껴지는 고통보다 세오나에게 두 번씩이나 검격을 허용했다는 것이 분해, 쿰바가 더욱 거칠게 도끼를 휘둘렀다.

하지만 이번에도 허공만 휘저을 뿐 도끼날은 세오나의 머리칼에도 닿지 못했다.

도끼가 빗나가는 순간에도 쿰바는 세오나가 아닌 세키라드 쪽을 흘낏 바라보고 있었다.

솔직히 말해 지금 그에겐 세오나의 존재보다 세키라드의 존재가 더욱 신경 쓰였다.

다른 누구보다 믿었던 바르밀가가 죽음을 맞이한 채 돌아오자 다음은 어떻게 해야 할지 머리가 하얘질 지경이었다.

그때 그의 얼굴가까이로 세오나의 검이 다가들었다.

"어딜 한 눈 파는 거냐……!"

그녀의 검이 쿰바의 한쪽 눈을 베었다. 선명한 검상과 함께 붉은 핏물이 뺨을 타고 흘러내렸다.

"으아아—!! 죽여 버리겠다, 이년!!"

고성과 함께 쿰바가 두 팔을 힘껏 치켜 올렸다.

그가 다시 도끼를 휘두르려 했으나 이미 세오나의 검이 그의 목을 파고들고 있었다.

스걱—!

단 한 번의 소리와 함께 쿰바의 목이 허무하게 잘려나

가고 말았다.

아라후와 함께 오랫동안 곰 부족을 이끌어오던 쿰바가 무너지는 순간이었다.

굳세게 버티던 그가 바닥으로 고꾸라지자 곰 부족 전사들의 사기가 추락하기 시작하다.

반면 늑대 부족과 다른 부족들의 사기는 하늘을 찌를 듯 올라서고 있었다.

"크윽… 이대론 안 돼……!"

쿰바마저 당해버리자 발사믹이 자리를 피하기 위해 뒷걸음질 쳤다. 그는 애초 머리를 쓰는 타입이지 전투에 능숙한 타입은 아니었다.

하지만 발사믹이 물러나는 것을 가만히 두고 볼 세오나가 아니었다.

그녀는 살기를 머금은 두 눈으로 발사믹을 노려보며 앞으로 걸어 나갔다. 그 모습은 흡사 먹이를 노리는 늑대의 그것과 닮아 있었다.

마주 오는 세오나를 보며 발사믹이 마른 침을 삼켰다.

"나…나를 아주 만만히 본 모…양인데…! 나도 꽤나… 흐…흐익……!!"

발사믹은 순식간에 따라붙은 세오나를 보며 질겁하고 말았다.

그가 미처 반응하기도 전에 세오나의 검이 발사닉의 목을 훔쳤다.

쿰바와 발사닉이 차례로 숨을 거두면서 상황은 급격하게 마무리 되어져갔다. 더 이상 이곳에 남은 병력만으로 세오나와 세키라드를 막아내기란 불가능한 일이었다.

더욱이 한쪽 곁에 선 칼라반과 헤이나의 존재도 그들이 항복을 선언하게 하는데 한몫했다.

전장에 들어서자마자 십수명의 곰 부족 전사쯤은 아무렇지도 않게 제압해버린 헤이나의 모습은 아직까지도 눈에 선했다.

"고맙다."

세오나의 인사가 향한 곳은 칼라반이 아닌 유운량이었다.

그녀의 인사에 유운량이 가볍게 고개를 가로저었다.

"별 말씀을. 그저 해야 할 일을 했을 뿐입니다."

"늑대는 은혜를 잊지 않는다."

짧막한 말 한마디와 함께 세오나가 자리를 벗어났다.

그녀를 따라 세키라드와 늑대 부족 전사들도 이동했다. 그들이 향하는 곳은 바로 곰 부족 족장이 있는 아라후가 있는 곳이었다.

아직 곰 부족과 늑대 부족 간의 전쟁은 진행 중에 있었다. 그렇기 때문에 세오나는 더욱 발을 재촉했다.

"괜찮으십니까. 너무 무리하지 않으셔도 됩니다."

그녀를 걱정한 세키라드가 다가가 말했다.

세오나는 괜찮다는 의미로 손을 저어보였다.

그러나 세키라드는 그녀의 몸에 난 상처들을 살피고 있었다. 혹시나 세오나가 급한 마음에 무리하고 있는 것은 아닐까 염려한 것이다.

"제가 앞장서겠습니다."

"세키라드."

"예. 말씀하십시오, 세오나님."

"네가 없는 동안 쭉 생각해왔다."

"무엇을 말입니까?"

"우리 늑대 부족이 강해지려면 내가 더 강해지는 수밖에 없다는 것을."

"……."

세오나를 바라보던 세키라드가 살며시 웃었다.

그동안 무슨 일을 겪은 것 인지는 모르겠으나 자신이 모르던 사이 세오나가 한층 더 성장한 느낌이었다.

"강한 늑대로 성장 중이시군요……."

세키라드가 나지막이 한 마디를 내뱉었지만 세오나는 그것을 듣지 못했다.

세오나와 일행들이 초입 부분에 도착했을 땐 아직 한창 전투가 진행 중인 상황이었다.

"모두 공격해라!!"

초입에 도착하자마자 세오나가 크게 외쳤다.

그러자 그녀를 따르는 산악 민족들이 커다란 함성을 터트렸다. 그녀와 늑대 부족 그리고 다른 산악 부족들의 등장은 아라후에게도 전혀 예상치 못한 일이었다.

한창 싸움을 이어가던 곰 부족 전사들은 갑자기 등장한 적들의 모습에 다시 전열을 가다듬기 시작했다.

"호오… 이거 재밌게 돌아가는군."

한쪽에 물러서서 전투를 지켜보던 가니카스가 흥미로운 시선으로 턱을 괴었다. 그렇지 않아도 그는 늑대 부족에게 전황이 너무 불리하게 흘러가 자신들이 끼어들어야 할지 말아야 할지 고민하던 중이었다.

산악 부족들 간의 싸움에는 개입하지 말라는 칼라반의 신신당부(?)가 없었더라면 아마 지금쯤 저들 사이에 섞여 전투를 하고 있었을지 몰랐다.

그들에게 맡겨진 임무는 모두 완수해버렸으니 말이다.

가니카스와 그의 수하들이 있는 곳 주변은 이미 하르스마이어 수하들의 시체로 가득했다.

그중엔 레비의 시체도 섞여 있었다.

"쩝… 그나마 조금의 재미거리라도 될 줄 알았는데… 우리까지 올 필요가 없는 일이었어."

"생각했던 것보다 산악 민족들이 강해서 그렇잖아. 특히나 저 늑대 부족들. 싸움을 굉장히 영리하게 하고 있었다."

"내 말이. 나는 저렇게 싸우라고 해도 못 싸울 것 같다."

"힘 싸움에서 밀리는 것을 알고 전략적으로 이곳저곳

에서 치고 빠지는 전술을 사용하다니… 덕분에 곰 부족 놈들은 더욱 강한 전력을 보유하고도 수비하는 꼴이 되어 있었잖아."

"그래도 저 족장이라는 자는… 한 번 싸워보고 싶었는데……."

그들은 아쉬움에 입맛을 다시며 전장을 살폈다.

아라후와 곰 부족 전사들을 상대로 상당히 준수한 교전을 펼치던 늑대 부족들이 세오나와 세키라드의 등장에 환호를 지르기 시작했다. 그들의 얼굴에 번진 희열이 곰 부족 전사들의 심기를 거스르게 했다.

"뭐냐… 어째서 저놈들이 이곳에 있는 거지……?"

곰 부족 전사들을 한창 지휘하던 아라후가 인상을 구겼다. 그렇지 않아도 금방 처리할 수 있을 것 같았던 늑대 부족의 반란은 생각보다 길어지고 있는 상태였다. 그런데 이제는 지원군까지 등장해버렸다.

"제길… 멍청한 대륙 놈들이……!"

그는 침착하게 곰 부족 전사들을 우선 둘로 나뉘었다.

한쪽은 눈앞의 늑대 부족을 상대하기 위함이었으며, 자신이 이끄는 다른 한쪽은 새로 합류한 늑대 부족을 상대하기 위함이었다.

그러나 상황은 아라후가 원하는 만큼 쉽게 흘러가주지 않았다. 세오나와 세키라드의 등장만으로도 늑대 부족의 움직임이 달라져버렸다.

그들은 마치 사냥을 나선 늑대 떼처럼 일사분란하게 움직였다.

"겨우… 저 두 사람만이 등장한 것만으로도 늑대 부족이 저렇게 바뀐다는 건가?"

"세키라드 때문입니다. 은빛 늑대들의 대장… 세키라드 한 명만으로도 늑대 부족은 얼마든지 사나운 맹수처럼 움직일 수 있습니다."

곁에 있던 곰 부족 전사의 말이 끝나기도 전에 전열을 가다듬은 늑대 부족이 짓쳐들어왔다.

그동안의 울분을 풀어내듯 그들의 사냥은 거칠고 매서웠다. 아라후는 끝까지 곰 부족 전사들을 이끌고 늑대 부족과 다른 산악 부족들에 저항했으나 전세는 점차 기울어지기 시작했다.

멀리서 이들의 전쟁을 지켜보던 칼라반이 입을 떼었다.

"끝났군."

"아라곤 영지의 사람들이 미개한 존재라며 산악 민족들을 무시하는 것을 듣긴 했지만… 산악 민족들의 힘은 생각 이상이로군요."

"그렇군. 아마 저들이 그대로 아라곤 영지까지 쳐들어왔다면 아라곤은 순식간에 잿더미가 되었을 거다."

"그 말씀에 동의합니다. 평화에 젖어 있는 지금의 제국과 다르게 이곳은 매일 매일이 잦은 전투로 가득했을 테니까요. 허니 현재 저들의 전투감각은 상당히 날카로워져 있을 겁니다."

칼라반과 유운량이 대화를 나누는 사이 마침내 아라후가 무릎을 꿇고 말았다.

그는 한쪽 팔이 잘려나간 채 세키라드를 노려보았다.

늑대 부족 내에서도 가장 강하다고 소문난 전사. 실제로 그와 맞붙어보니 그 소문이 진짜임을 뼈저리게 느낄 수 있었다.

"네놈은 억울하지도 않은가?"

"뭐가 말이냐."

"우리 곰 부족은 대대로 강한 전사들이 부족장을 맡아왔다. 하지만 너희 늑대 부족은 달라… 아무리 강한 힘을 지니고 있다 해도 부족장의 핏줄이 아니면 부족장이 될 수 없지. 그것이 억울하지 않느냐고 묻는 거다."

"착각하고 있군. 우리 부족에서 가장 강한 분은 내가 아니라 세오나님이시다."

"헛소리를……."

"진심으로 하는 얘기다. 하지만 물론… 네 눈으로 그것을 직접 확인할 일은 없을 거다."

세키라드의 단검이 빛살과도 같이 움직였다.

아라후의 목에 붉은 실선이 그어짐과 동시에 그의 목이 꺾였다.

그 모습을 본 곰 부족 전사들은 그 자리에서 투항하기 시작했고, 늑대 부족 전사들은 승리의 포효를 울부짖었다. 전투가 치열했던 만큼 온전한 모습을 하고 있는 산악 전사들을 찾기 힘들었다.

쓰러진 아라후의 앞에 세키라드조차 피로 물든 몸이었다. 특히나 그는 마지막 아라후와의 싸움에서 큰 부상을 입고 말았다. 은빛 늑대들도 온 몸에 피를 흘리면서도 승리를 기뻐했다.

늑대 부족의 승리를 알리며 곰 부족은 그렇게 몰락의 길로 접어들고 있었다.

헤이나의 고민

그라다 산에서 일어났던 일들은 빠르게 하이데의 귀로 들어갔다. 그곳에서 가까스로 살아남은 레비의 수하가 허겁지겁 달려왔던 탓이다.

하이데에게 보고를 올린 사내의 표정은 눈에 띠게 굳어 있었다.

그라다 산에서의 실패 때문만은 아니었다. 당장 눈앞에 있는 하이데의 표정이 너무도 매서워 공포스럽기까지 했다.

보고를 모두 듣고 난 후에도 하이데는 무거운 침묵을 지켰다. 때문에 함께 있던 그의 수하들마저 고통스러울 지경이었다.

그렇게 얼마간의 시간이 흘렀을까. 마침내 굳게 닫혀 있었던 하이데의 입이 천천히 열리기 시작했다.

"그러니까… 상황이 어떻게 되었다고?"

"예… 곰 부족이 늑대 부족에게 패하…….''

"아니, 그것 말고. 발사믹이랑 다른 녀석들이 어떻게 되었다고?"

"모두… 죽었습니다…….''

"그러니까, 누구에게?"

"레비님이 분명 아라카인의 수하들이라는 말을 했습니다…….''

콰!!

사내의 말이 끝나자마자 하이데가 주먹으로 벽을 때렸다. 분노로 물든 그의 시선이 사내에게로 향했다.

"분명 아라카인이라고 한 것이 확실 한가……?"

"예… 대장으로 보이는 남자가 들고 있던 검의 손잡이를 보여주었는데… 거기에 분명 아라카인의 가족을 상징하는 상어 문양까지 있었습니다…….''

"상어라… 그래, 그 빌어먹을 문양이 있었다면 진짜겠군, 그래… 근데 어째서 놈들이 거기에 나타난 거지? 이번 일에 신경 쓸 수 있을 만큼 아라카인 쪽의 상황이 좋진 않을 텐데…? 아니, 그보다 앞서서 놈들이 굳이 그라다 산의 산악 부족 주둔지까지 와서 우리를 방해할 이유가 뭐가 있지?"

하이데가 무언가 이상하다는 듯 고개를 갸웃거렸다.

아무리 생각해봐도 아라카인 쪽이 이렇게까지 움직일 이유를 찾지 못했다.

결국 그는 다시 입을 열었다.

"전체적인 상황이 어땠다고?"

그의 물음에 사내는 자신이 본 것들을 모두 상세히 설명해주기 시작했다.

가니카스가 수하들과 함께 수레를 끌고 왔으며, 그 수레 안에 늑대 부족들이 숨어 있었다는 얘기와 거기서부터 전투가 시작되었다는 말까지 전해주었다.

"그래, 거기서부터 이상하다는 거다. 아라카인의 수하들이 어떻게 늑대 부족의 주둔지를 알았으며 어떻게 늑대 부족과 함께 행동할 수 있었던 거지? 나는 그 이유를 모르겠다는 거다."

"아……!"

하이데의 말에 마침 사내의 머리에 스쳐지나가는 기억이 있었다.

그가 눈을 번뜩이자 하이데가 관심을 기울였다. 왠지 사내의 입에서 제법 괜찮은 정보가 흘러나올 것 같았다.

그리고 그의 예상은 곧바로 맞아들었다.

"그러고 보니 아라카인의 수하가 그런 말을 했습니다."

"그런 말?"

"예, 이것은 자기들끼리 중얼거린 말을 제가 엿들은 것이긴 한데… 그들의 입에서 분명 블레이드 후보 공민님의 이름이 거론되었었습니다."

"공민? 그 새끼의 이름이 여기서도 나온단 말이야!? 너… 공민의 얼굴을 알고 있던가?"

"아닙니다… 한 번도 본 적이 없어서 얼굴은 잘 모릅니다만, 그 장소엔 분명 공민 블레이드 후보님은 없었습니다."

"그걸 어떻게 확신하는 거지?"

"그들이 공민 블레이드 후보님과 함께였다면 분명 그 근처에 있었어야 했을 겁니다. 하지만 놈들은 어느 누구에게도 공민이라는 이름을 부르지 않았습니다. 또한 그들의 대화를 들어봤을 때 공민 블레이드 후보님은 아마 그들과 미리 거래를 한 것 같습니다."

"거래?"

"예. 어떤 거래를 했는지 자세히는 모르겠습니다만… 그쪽 방향으로 조사를 해보시면…….”

사내의 말이 끝나기도 전에 하이데가 근처에 있던 수하 한 명을 불렀다.

그의 손짓에 시립해 있던 사내 한 명이 그에게로 다가왔다.

"한번 알아봐라. 정말 아라카인과 공민 간에 모종의 거래가 있었는지 아닌지."

"알겠습니다."

"후우… 정말로 이 일에 또다시 공민이 관련되어 있다면… 그때는 정말 가만두지 않을 거다. 살아 있는 것이 얼마나 고통이고, 세상이 얼마나 지옥인지 뼈저리게 느끼게 해주마, 공민……!"

하이데의 두 눈에 살기가 스멀스멀 피어오르고 있었다.

* * *

그라다 산에서 돌아온 지도 벌써 일주일이 넘는 시간이 흘렀다.

그동안 칼라반과 일행들은 모두 휴식을 취하는데 여념 했다.

가장 먼저 도박장이나 술집에 드나들 줄 알았던 제르단은 어찌된 일인지 날마다 산길에 올랐다.

하루는 이를 이상하게 여긴 칼라반이 넌지시 그에게 물었다.

"이상하군… 그대라면 당연히 도박장에 가거나 술부터 찾을 줄 알았는데, 그토록 산에서 고생해놓고 어째서 다시 산으로 올라가는 거냐."

"아… 그때 이후로 산이 좋아져서 말입니다. 그래

서 심심하기도 하니 산이나 올라가보는 겁니다. 하하하……."

"그런가."

어색한 말로 넘기긴 했지만 사실 칼라반은 그가 왜 산에 오르는지 알고 있었다.

일전에 한 번 경공을 펼쳐 그의 뒤를 밟은 적이 있었는데, 그때 제르단이 그곳에서 무엇을 하는지 목격할 수 있었다.

제르단이 매번 찾아가는 곳엔 검흔(劍痕)으로 가득한 나무들이 있었다.

그는 그곳에서 홀로 검술 수련을 하기 시작한 것이다.

땀을 흘리며 열심히 검을 휘두르는 제르단의 모습에 칼라반은 남몰래 고개를 끄덕였다. 아마도 그라다 산에서의 일이 그에겐 꽤나 자극이 된 모양이었다.

반면 한니발은 평소와 같은 일상을 보냈다. 그는 이곳에 온 뒤로도 자신에게 주어지는 소일거리들을 무리 없이 해내었다.

분명 제르단과 같은 전장에 있었음에도 한니발의 상태는 비교적 멀쩡했다.

사실 그런 점이 제르단을 더욱 자극케 한 것도 있었다.

다들 한니발에게 운이 좋았다는 말을 건넸지만, 칼라반은 한니발이 멀쩡한 이유를 알고 있었다.

일전에 심마안으로 한니발의 전투력을 살핀 적이 있었다.

일반 병사가 가지고 있을만한 전투력은 아니었다. 심마안이 아니었다면 알기 어려웠을 정도로 한니발은 자신의 기운을 갈무리하는 것에 뛰어났다.

일전에 한니발을 유운량과 함께 보냈던 것도 사실은 그가 생각보다 강한 힘을 보유하고 있다는 것이 그 이유였다.

"그러고 보니… 자꾸 주변으로 정체를 숨기는 녀석들이 찾아오는 군. 내가 정체를 숨기고 살아서 그런 자들만 꼬이는 건가…….

칼라반의 썰렁한 농담에 유운량이 어색한 웃음을 지었다. 그는 읽고 있던 책을 살며시 덮었다.

"혹시 무슨 고민이라도 있으신 겁니까?"

"아니, 아니다."

"조금 전 정체를 숨긴다는 말을 꺼내시지 않았습니까?"

"신경 쓰이는 인물이 있기는 하지. 하지만 크게 신경쓸 만한 일은 아닌 것 같다."

"그렇군요. 허면… 다른 분을 좀 신경써보시는 것이 어떻겠습니까?"

유운량의 말에 칼라반은 무슨 말인지 모르겠다는 얼굴로 그를 바라보았다.

역시나 예상했던 그의 반응에 유운량이 창밖을 바라보았다.

"벌써 며칠째 저렇게 바깥을 돌아다니고 계십니다. 그날 이후로 주군과도 별 말씀을 나누질 않으시고… 무슨 심각한 고민이라도 있는 것 같아보였습니다만…….'

"아… 헤이나 말인가."

"그렇습니다."

"아직 마음의 결정을 내리지 못한 모양이다."

"예? 무엇을 말입니까?"

"헤이나가 보는 앞에서 어둠의 정령들을 소환했다."

"아… 결국 헤이나님에게 주군의 본래 정체를 드러내셨군요."

"그래서일 거다. 아마 헤이나로서도 많은 생각이 들겠지. 그러니 나는 잠자코 그녀의 선택을 기다리고 있는 중이다."

칼라반의 담담한 말에 유운량도 수긍했다.

그녀가 받아들일 사실이 얼마나 충격적인 것인지는 유운량 본인도 잘 알고 있었다.

그리고 한편으로는 자신의 정체를 공개한 칼라반의 행동에도 의외라는 생각을 가지고 있었다.

사람을 잘 믿지 않은 칼라반이 헤이나에게 본인의 가장 큰 비밀을 공개했으니, 그만큼 그녀를 신뢰하기 시작했다는 말일지도 몰랐다.

"좋은 결과로 다가왔으면 좋겠군요."

"어떤 선택을 하던… 그것은 헤이나의 결정이다. 나는

최대한 헤이나의 결정을 존중해줄 것이다."

"하지만 주군의 비밀을 알게 된 이상, 아예 모르는 척 내버려둘 수도 없는 노릇이지요. 그러니 만약 헤이나님께서 주군의 비밀을 받아들이시지 않으면……."

"않으면 뭐요!?"

그때 유운량의 말을 끊으며 헤이나가 안으로 들어섰다.

이미 그녀가 다가오고 있었던 것을 알고 있었는지 칼라반은 별로 놀라지 않는 눈치였다.

유운량은 일어서서 헤이나에게 가볍게 고개를 숙여보였다.

"오셨습니까."

"아아, 됐구요. 일단……."

헤이나는 유운량을 지나 칼라반의 바로 앞에 섰다.

그녀는 칼라반의 얼굴 가까이로 자신의 얼굴을 내밀었다.

그리곤 고개를 이곳저곳 꺾어가며 칼라반의 얼굴 곳곳을 살폈다.

"너!! 아무리 봐도 말이 안 돼. 네가 정말 칼라반 대기사장이라면… 이렇게 젊은 얼굴을 하고 있다는 게 말이 돼?"

"겉모습은 중요치 않다."

"웃기지마! 나보다 약한 남자면 얼굴이라도 잘생겨야 한단 말이야. 너 똑바로 말해."

"무엇을 말인가?"

"이 얼굴 가짜지? 마법 뭐 비슷한 걸로 속인거지? 그렇지?"

"안타깝지만 진짜 내 얼굴이다."

"아아악!!! 그게 말이 돼!?"

"그 사실이 그리 중요한가?"

"당연하지! 기껏 처음으로 좋아하게 된 남자가… 갑자기 나한테 사실은 나보다 훨씬 나이가 많다고 비밀을 까발리면!!! 고민하지 않을 여자가 어디 있어!? 나 지금 완전 속은 기분이라고!!"

헤이나의 말에 유운량은 물론 칼라반마저 황당하다는 얼굴을 하고 있었다.

두 사람이 그러건 말건 헤이나는 씩씩거리며 짜증 가득한 얼굴을 하고 있었다.

그녀가 지금껏 그토록 고민에 빠져있던 이유가 이런 이유일 줄은 전혀 상상조차 하지 못했던 칼라반은 저도 모르게 웃음을 터트리고 말았다.

이 때문에 헤이나의 얼굴은 더욱 찌푸려지고 말았다.

"어? 웃어?? 지금 사랑이 장난이야!?"

"아… 미안하게 되었군. 설마하니 그런 이유로 지금까지 심각한 고민을 하고 있었을 줄은 생각지도 못했던 터라…….."

"나. 지금. 아주 진. 지. 하. 거. 든……?"

"너는 내가 칼라반이라는 사실이 안중에도 없는 것인가?"

"뭐… 솔직히 처음엔 의심도 했지 진짜가 맞나… 아니, 차라리 아니었으면 싶었지. 근데 지금까지 어둠의 정령을 소환할 수 있었던 사람은 유일하게 한 사람뿐이니까… 아마 분명 너는 칼라반 대기사장이 맞겠지."

그녀의 말에 칼라반과 유운량이 고개를 주억거렸다. 그러나 헤이나는 곧바로 어깨를 으쓱였다.

"그래서 그게 뭐? 솔직히 신경이 아예 안 쓰인다면 거짓말이겠지만, 이미 너를 좋아하기로 한 이상 네 정체가 무엇이건 난 개의치 않아. 근.데.말.이.야. 그쪽 나이가 많은 건 좀 신경 쓰이거든? 생각할수록 뭔가 억울해……!"

"정말이지… 어디로 튈지 모르겠군. 그것은 걱정마라. 사정이 있긴 하지만 지금의 나는 20대 몸 그대로니까 말이야."

"뭐!? 정말이야!?"

헤이나가 진심으로 기뻐하는 얼굴을 보였다.

그녀의 반응에 유운량이 피식 웃었다. 그녀의 마음을 어렴풋이 헤아릴 수 있었다.

그는 습관처럼 파초선을 살랑거리며 부쳤다.

"그것이 헤이나님, 당신이 택한 방법이로군요. 다행입니다."

그때 그들이 있는 곳으로 한니발이 다가왔다. 한니발은

칼라반을 향해 정중히 고개를 숙여보였다.

"공민님. 이곳으로 세키라드가 찾아왔습니다."

"세키라드가?"

"그렇습니다."

강한 동료

아직 부상이 완치된 것은 아닌지 세키라드는 몸 이곳저곳에 붕대를 감고 있었다. 그렇지만 거동에는 불편함이 없어보였다.

그는 칼라반을 보자마자 한쪽 무릎을 꿇었다.

"무슨 일이지?"

"저희를 도와주신 것에 감사 인사를 전하러 왔습니다."

"감사 인사까지야… 어차피 우리도 나름의 목적이 있어서 도와준 것뿐인데."

"그렇지만 우리 늑대 부족은 분명 여러분들에게 커다란 은혜를 입었습니다."

세키라드는 품속에서 늑대 이빨들이 이어진 팔찌와 목걸이를 꺼냈다.

　그리곤 목걸이는 유운량에게 팔찌는 칼라반에게 건네주었다.

　"이건…….

　"흐음…? 제게도 주시는 겁니까? 그런데, 어째서 목걸이를 제게 주고 팔찌를 주군께 주시는 것인지…….

　목걸이의 의미가 얼마나 대단한 것인지는 일전에 세오나에게 들어 알고 있었다.

　그러니 당연히 목걸이는 칼라반에게 전해지고 자신은 팔찌를 받을 줄로 알았는데, 세키라드가 물건을 반대로 건네주어 유운량이 의아한 얼굴을 하고 있었다.

　세키라드는 가장 먼저 칼라반에게 건넨 팔찌를 가리켰다.

　"이 팔찌는 저 세키라드의 은인이라는 뜻입니다. 이 팔찌를 보여주신다면 저는 물론이고 모든 늑대 부족들이 은인을 도와줄 겁니다."

　이어 그의 시선이 유운량이 들고 있는 목걸이로 향했다. 그리곤 의미심장한 미소를 짓기 시작했다.

　그 모습이 영 꺼림칙해 유운량이 쓴웃음을 지었다.

　뭔가 귀찮아질 것만 같은 느낌이 등골을 타고 스멀스멀 올라오고 있는 중이었다.

　"아시는지 모르겠지만 늑대 이빨 목걸이는 저희 부족

의 상징이기도 합니다. 그리고 우리 늑대 부족에게는 예로부터 전해지는 한 가지 전통이 있습니다."

"전통……?"

"늑대 부족의 우두머리는 자신이 마음에 들어 하는 자에게 바로 그 목걸이를 선물합니다."

"허어…. 그 말인즉슨……."

"세오나님께선 당신을 택하셨습니다. 아마 이전에 유운량님께서 세오나님을 구해주신 일이 컸던 것 같습니다."

"아……."

세키라드의 말에 유운량이 지난번의 기억을 떠올렸다.

분명 세오나와 늑대 부족이 위험에 빠졌을 때 자신이 파초선을 이용해 그녀와 다른 이들의 목숨을 구해준 적이 있었다.

유운량의 표정이 묘해지려는 때 세키라드가 말을 덧붙였다.

"걱정하실 일은 없습니다. 단지 마음을 전하는 것일 뿐 당장 유운량님을 잡아간다거나 하는 것은 아니니까요."

"하하… 그렇군요… 설마 했는데 다행인 일입니다……."

"저… 그리고 세오나님이 전해달라는 말을 그대로 전해드려도 되겠습니까?"

"그리 해주시지요."

"난 그라다 산의 칸이 될 거다. 지금 당장 당신의 앞에 서기엔 내 스스로가 부끄러운 모습이라 생각한다. 그러니 꼭 그라다 산의 칸이 되어 그대 앞에 당당히 서겠다. 그때 나를 다시 봐 달라!"

세키라드는 세오나가 말했던 억양 그대로, 몸짓 그대로를 전했다.

그것이 충분히 전달되었는지 유운량도 진중한 모습을 보이며 경청했다. 잠시 생각에 잠겼던 그가 가볍게 미소 지었다.

"…생각했던 것보다 멋진 분이시로군요."

"그렇게 여겨주신다니 다행이로군요."

"축하라도 해주어야 할 일인가?"

칼라반이 두 손을 들어 금방이라도 박수를 칠 것처럼 준비했다. 그의 장난스런 몸짓에 유운량이 실없는 웃음을 지으며 턱수염을 매만졌다.

세키라드는 진중한 얼굴로 다시 입을 열었다.

"이것만은 알아주셨으면 합니다. 대륙인들은 어떤지 잘 모르겠지만, 우리 늑대들은 한 사람만을 맹목적으로 사랑합니다. 그러니 결정을 내린 세오나님의 마음은 결코 가볍지 않습니다."

"그렇군요… 명심해두겠습니다."

사실 겪어보지 않은 낯선 상황에 유운량도 적잖이 당황한 눈빛이었다. 지금까지 칼라반을 만난 이후 처음 보여

주는 모습이었다.

그 모습이 너무 새로워 칼라반마저 입가의 미소를 지우지 못하고 있었다.

그는 이내 이곳에 모인 모두를 바라보며 입을 열었다.

"지금부터 너희들에게 전해두려는 말이 있다."

"말씀하십시오."

"그게 무엇입니까?"

모두가 칼라반에게 집중했다. 그것은 세키라드 역시 마찬가지였다.

"본래부터 생각해왔던 것이긴 하지만. 이번 일을 겪으면서 더욱 필요성을 느꼈다. 나는 이제부터 나와 함께 할 동료들을 더 모으려 한다."

"드디어 생각을 굳히셨나보군요. 주군의 말씀이시라면 언제든 따를 준비가 되어 있습니다. 허면… 우선 본래 주군의 동료들을 찾아 나설 생각이십니까?"

"아니, 안타깝지만 아직 녀석들을 찾아 나설 수 없다."

"그것은 제국의 시선 때문입니까?"

"그렇다. 아마 지금까지도 황궁 측에선 녀석들을 찾고 있을 거다. 하지만 아직까지 황궁이 녀석들을 못 찾았을 정도라면 녀석들도 마음먹고 몸을 숨겼다는 뜻이겠지. 그런 정도라면 나도 찾기가 버거울 테고. 또 자칫 무리하게 녀석들을 찾아 나서려다 일이 잘못 꼬이기라도 한다면 나와 그 녀석들 모두 황궁의 손아귀에 잡힐 수도 있게 된다. 그러니 아직 섣부르게 녀석들을 찾아 나서려 한다는 것은 시기상조라 생각한다."

"주군의 말씀이 맞습니다. 뿐만 아니라 주군께는 죄송한 말씀이지만… 주군의 수하들 내에서도 배신자가 있었을 수도 있습니다. 물론, 어디까지나 가능성을 염두 해두고 드리는 말씀이긴 합니다만… 조심해서 나쁠 것은 없을 테지요."

운량의 말에 칼라반도 동의했다. 생각하긴 싫지만 그럴 가능성이 아예 없는 것은 아니었다.

그러니 더욱 조심할 수밖에 없었다.

공민의 정체가 칼라반이라는 것을 알게 되면서 헤이나도 이들이 나누는 대화를 모두 이해하고 있었다.

두 사람이 말하는 예전의 동료들이 누구를 뜻하는 것인지 바로 알아차릴 수 있었기 때문이다.

반면 한니발이나 제르단, 이라벨은 이것이 정확히 어떤 대화인지 알지 못했다. 대화의 흐름으로 문맥을 짚어가려 애쓸 뿐이었다.

이들의 마음을 헤아린 칼라반이 먼저 물었다.

"나와 운량의 얘기가 무엇을 뜻하는 것인지 묻지 않는 건가?"

"때가 되면 저희에게 말씀해주실 것이라 생각합니다. 두 분 모두 필요한 일이라 생각되면 저희에게 상세히 알려주실 분들이니까요. 그러니 묻지 않고 잠자코 듣고 있는 중입니다."

"저도 그렇게 생각했습니다!!"

한니발의 대답하자, 이에 질세라 제르단이 손을 번쩍 들어 외쳤다.

이라벨도 두 손을 번쩍 들며 두 사람과 함께 했다.

"훗. 그런가."

"잠시만! 그러면 이제 어떻게 할 거야? 나는 동료들을 더 모은다고 하길래 당연히 그 사람들을 생각했는데… 다른 방법이라도 있는 거야?"

"물론이다, 헤이나. 이미 생각해둔 사람들도 있다."

"뭐… 좋아. 근데 내가 궁금한 것은, 왜 이번 일을 계기로 그런 생각을 하게 되었냐는 것과 그렇게 동료들을 모아서 어떻게 할 건지야. 그걸 알아야 나도 앞으로의 방향을 결정해보지."

"이번 일을 계기로 우리는 블레이드 하르스마이어와 척을 졌다. 특히나 제르단 같은 경우 하르스마이어의 밑에서 일을 해오다 이번에 나를 돕게 되면서 그들과의 관계는 더욱 틀어지게 되었지."

"그건 맞는 말씀입니다만……."

제르단이 굳은 표정으로 답했다. 그러나 이미 돌이킬 수 없는 일이었다.

"하르스마이어님보다 공민님을 따르기로 한 제 결정에 후회는 없습니다. 저는 제가 보고 들은 것만 믿습니다.

제가 직접 봤을 때 하르스마이어 블레이드님보다 공민님이 좀 더 제가 생각해왔던 블레이드의 이미지와 걸맞습니다. 그러니 제 걱정은 말아주십시오."

"아니, 나를 따르기로 한 이상 신경 쓰지 않을 수 없다. 일단 하르스마이어는 블레이드다. 비록 내가 라그나로크에 몸을 담은 지 얼마 되지 않아 상세히는 잘 모르겠으나, 블레이드는 자신만의 거대한 세력을 갖고 있는 것으로 안다."

"그래서?"

"그들은 힘으로 우리를 누르려 하겠지. 그러니 이쪽에도 저들과 대적할 수 있는 많은 유능한 인물들이 필요하다. 다들 알다시피 지금의 인원만으로는 그들의 힘을 온전히 감당하기엔 턱없이 부족하다."

"그건 그렇지… 아무리 내가 도와준다고 해도 상대는 블레이드니까. 갖고 있는 세력의 크기가 차원이 다르긴 해. 심지어 우리가 본 것은 그들이 갖고 있는 힘의 작은 일부이니까……."

"그렇겠지. 어찌되었건 그런 이유로 본래의 계획보다 더욱 이르게 동료들을 찾아 나서고자 한다. 그리고 그 이후……."

칼라반은 잠시 말을 멈춘 뒤 모두를 둘러보았다.

그가 진중한 눈빛으로 한 사람 한 사람과 시선을 마주하니 긴장감이 흐르는 침묵이 흘렀다.

칼라반의 시선이 마지막으로 헤이나에게 향했을 때 마침내 그의 입이 다시 열렸다.

"나는 블레이드가 될 거다."

"……!"

"……!!!"

"자…잠시만!!"

은근히 기다려온 말이었지만 막상 듣고 나니 모두가 실감이 안 나는 모양이었다.

그들이 복잡 미묘한 얼굴을 하는 때 헤이나만 손을 흔들며 칼라반의 앞에 섰다.

그녀는 알 듯 모를 듯 뾰로통한 표정을 지었다.

"너 그 말이 무슨 말인지는 알기나 해?"

"물론이다."

"네가 블레이드가 되겠다는 건 나랑도 경쟁하자는 뜻이라고! 정말 잘 알고 있는 것 맞아?"

"너와 나는 같은 블레이드 후보다. 서로 경쟁하는 것이 문제될 일은 아니라고 생각한다."

"으아! 아니…! 차라리 이건 어때!? 네가 지금부터 나를 도와! 내가 블레이드가 될 수 있도록!! 게다가 너는……."

헤이나가 잠시 주변의 눈치를 보더니 그의 귓가로 입을 가져갔다. 그녀는 칼라반만 들릴 정도로 작은 소리를 내었다.

"남들 앞에 함부로 나설 수가 없잖아…! 그러니까 내가 대신 블레이드가 된 뒤에, 네가 원하는 것들을 도와주도록 할게. 그때까지 몸을 숨기면서 힘을 키워. 어때? 그게 더 낫지 않아?"

"아니, 그럴 필요 없다. 헤이나 너는 너의 방식대로 블레이드가 되어라. 나는 나의 방식대로 블레이드가 되겠다."

"뭐?"

칼라반의 단호한 말에 헤이나가 입술을 샐쭉거렸다. 무언가가 단단히 마음에 들지 않은 듯 보였다.

"아으…! 꼭 그렇게 나랑도 경쟁을 해야 속이 시원하겠냐, 이 바보야!? 이번에는 나한테 좀 져줘라!!"

"미안하군. 그럴 순 없다. 애초 내가 라그나로크에 몸을 담은 이유는 나의 몸을 숨기기 위함도 있었지만 이들의 힘을 이용할 생각도 있었으니까."

"아유, 고집불통 같으니라고……!"

"내 말의 의미를 잘 모르는 것 같군. 너는 너의 방식대로 블레이드가 되어라. 나는 나의 방식대로 블레이드가 되겠다."

"아니, 그러니까 그게……!"

"허허… 두 분 다 그리 싸우실 필요 없습니다. 어차피 두 분은 협력관계이시지 경쟁관계가 아니질 않습니까? 거기다 블레이드 자리가 한 개만 있는 것도 아니니……."

보다 못한 유운량이 두 사람 사이에 끼어들었다.

헤이나는 여전히 마음에 안 든다는 듯 씩씩거리고 있었지만 칼라반은 무덤덤한 얼굴이었다.

"그렇게까지 블레이드가 되려는 이유가 뭔데? 어차피 너는……."

여기까지 말하던 헤이나는 잠시 주위를 둘러보았다.

아직 칼라반에 대해 자세히 알지 못하고 있는 사람들도 있으니 도중 말을 삼켰다. 그러나 칼라반은 그녀가 무엇을 말하고자 하는지 짐작할 수 있었다.

"내겐 힘이 필요하다. 블레이드가 되려는 이유는 그것 때문이다."

"힘이라……."

칼라반의 답에 헤이나는 말을 흐렸다.

그때 분위기를 환기시킬 겸 유운량이 나섰다.

"그보다… 주군께서 생각하고 계시는 자가 누군지 여쭈어도 되겠습니까?"

"처음 이곳으로 임무를 받았을 때부터 떠올렸던 자다. 사실 녀석을 만날 수 있을 거란 기대로 이곳까지 순순히 찾아왔다 해도 과언이 아니다."

기분 상한 채로 입을 삐죽 내밀고 있던 헤이나도 흥미가 동한 모양이었다.

그녀는 언제 그랬냐는 듯 몸을 돌려 칼라반쪽을 향했다.

"그게 누군데?"

"이름은 레기온이다."

"레기온? 한 번도 들어본 적 없는 사람인데? 별로 유명하지 않은 사람인가 봐?"

"레기온은 본명을 버리고 살아온 지 오래다."

"본명을 버리고 살아왔다고? 왜?"

"녀석은 용서받지 못한 자. 그러니 그런 자신에게 이름 따윈 필요 없다고 말해왔다."

"용서받지 못한 자? 어디서 들어본 것 같은데……."

헤이나가 떠오를 듯 말 듯 한 기억에 고운 인상을 찌푸렸다.

해양도시 디라키온

아라곤 영지와 인접해 있는 도시 디라키온.

디라키온은 두 개의 면이 바다에 둘러싸인 해양 도시였다.

이곳에 사는 영지민들은 어렸을 때부터 수영을 익히고, 생선이나 수산 자원들을 채집하는 것을 배웠다.

게다가 디라키온은 조선(造船)기술이 발달해 속도도 빠르고 내구도도 좋은 배를 만들기로 유명했다. 그 덕분인지 무역이 활발해 항상 사람들로 북적거렸다.

특히나 밤의 거리로 유명한 로스린레스 골목은 밤낮 할 것 없이 많은 사람들이 오갔다.

그중에서도 유명한 헬라니아 주점은 오늘도 만석을 차지하고 있었다.

"으하하!! 소니아를 불러!"

대낮부터 불콰하게 취한 중년인이 곁에 있는 여인을 붙잡으며 말했다. 여인은 능숙한 태도로 중년인에게 술부터 따라주었다.

중년인은 스스럼없이 술을 받으면서도 다시 한 번 외쳤다.

"소니아를 부르라니까아—!!"

"아이, 잠시만 기다려주세요 메도라스 백작님. 소니아도 지금 이곳으로 오고 있을 거예요."

"아으…! 빨리 소니아를 보고 싶구만……!"

메도라스 백작이 술잔을 기울였다.

그러자 함께 앉아 있던 사내들도 함께 술을 들이켰다.

그들이 한창 대화를 이어갈 무렵 여인이 문을 열고 들어섰다. 당당한 모습으로 들어선 여인은 곧바로 메도라스 백작을 향해 고개를 숙였다.

"늦어서 죄송합니다. 메도라스 백작님."

"아하하!! 아니야, 소니아! 네가 이곳으로 온 것만으로도 나는 행복이다!!"

"호호, 그렇게 말씀해주시니 정말 감사해요."

소니아는 자연스럽게 메도라스 백작의 곁에 앉았다. 그녀는 새하얀 손으로 술병을 집어 들었다.

그때, 메도라스 백작의 손이 그녀의 손을 붙잡았다.

"많이 바빴던 건가!?"

"바쁘게 다니고 있어요. 다행히 저를 찾아주시는 분들이 많아서 말이에요."

"흐흐… 당연하지. 소니아 너는 얼굴만 이쁜게 아니고 뭐랄까… 행동도 다른 사람들과 다르게 품격 있어 보이고… 아무튼! 여기에 있기엔 너무 아까운 인재야."

말하는 동안 메도라스 백작의 시선이 소니아의 얼굴을 훑고 있었다. 소니아도 그의 시선이 탐욕에 물드는 것을 보았다.

그녀는 가볍게 손을 빼며 마저 술병을 들어올렸다.

"저를 그렇게 높게 평가해주시니 감사할 따름이에요. 늦게 왔으니 먼저 술부터 한 잔 따라드릴게요."

"그래그래, 우리 소니아가 따라주는 술이 또 꿀맛이지!"

술이 술잔을 채워가는 동안 메도라스 백작은 소니아의 얼굴을 뚫어지게 바라보았다.

"그러지 말고 차라리 내게 오는 것은 어떻겠나? 그대는 나 혼자서만 독차지하고 싶은데."

"말씀은 감사하지만 저는 이곳이 좋아요."

"여기가!? 네가 아직 잘 몰라서 그러나본데, 나와 함께 가면 고급진 음식들도 잔뜩 먹을 수 있고, 그래! 예쁜 장신구들도 원 없이 살 수 있도록 해주지! 어때?"

"죄송해요. 그래도 저는 이곳이 좋아요. 게다가 저는……."

"허허… 소니아! 내가 아무 여자한테나 이러는 것 같나!? 너니까 이런 얘기들을 하는 거잖아!"

뜻대로 되질 않자 메도라스 백작이 술기운에 언성을 높였다.

소니아는 당황하는 기색 없이 능숙한 태도로 그의 말을 받아넘겼다.

"그렇지만 이미 메도라스 백자님께는 부인과 자제분들이 계시잖아요? 더군다나 저는 귀족가에 몸을 담을 만큼……."

"시끄럽다! 그런 것은 내가 신경 쓰는 거지 네가 신경 쓸 일이 아니야!"

"그렇게 말씀하셔도……."

"아니, 그래도……!!!"

메도라스 백작이 계속해서 언성을 높이자 보다 못한 다른 사내들이 그를 말려주었다.

그들은 메도라스 백작이 잠시나마 감정을 추스를 수 있도록 곁에 앉아 있는 여인에게 음악을 부탁했다.

"혹시 그놈 때문이냐?"

"그놈이라뇨?"

"내가 모를 줄 알아!? 너와 함께 지낸다는 그 사내놈 말이야!"

"아아……."

"나도 이미 진작부터 알고 있었다. 듣자하니 앞도 보지 못하는 장님이라면서!? 너 설마 불쌍해서 거두어준 놈한테 마음이라도 생긴 거냐?"

"아니에요, 그이는……."

"하!? 표정부터 달라지는 것 봐라!?"

메도라스 백작이 붉게 상기된 얼굴을 찌푸렸다. 많이 언짢았는지 그의 눈썹이 역팔자로 휘고 있었다.

"소니아, 너… 설마 그 반병신 놈한테 마음이라도 있는 거냐? 아니겠지? 네가 그런 등신을 좋아할 리가 없잖아?"

"왜… 그렇게 생각하시나요?"

"그야 그렇잖아! 너처럼 아름답고 말도 똑 부러지게 하는 여자가, 앞도 못 보는 등신을 좋아한다고!? 그건 너무 세상이 억울할 일이 아닌가!?!?"

메도라스 백작의 말에 소니아의 표정이 잠깐 굳었다. 그러나 워낙 빠르게 스쳐지나가 아무도 그녀의 표정변화를 눈치채지 못했다.

소니아가 조용히 몸을 일으켰다.

"백작님께서 술기운이 꽤나 오르신 것 같아요. 오늘은 이만 하시고……."

"너!"

메도라스 백작이 손가락으로 소니아를 가리켰다. 그의

부름에 소니아도 메도라스 백작을 바라보았다.

"정말로 그 등신을 좋아하기라도 하는 거냐? 정말!?"

"오늘은 푹 쉬시고 다음에 뵙도록 하겠습니다."

다른 이였다면 상상조차 할 수 없는 말이었다.

눈앞에 있는 메도라스 백작은 디라키온 내에서도 손가락 안에 꼽힐 정도로 권력이 강한 사내였다.

그런 메도라스 백작의 눈치를 보며 행동하는 사람은 많아도 이렇게 대놓고 그에게 자신의 의견을 피력할 수 있는 이는 별로 없었다.

하지만 이렇게 상대가 누구건 자신의 할 말은 삼키지 않고 하는 것이 바로 소니아의 매력이기도 했다.

메도라스 백작도 그것을 잘 알았기에 소니아의 그런 태도를 문제 삼지 않았다. 오히려 그는 다른 이들과 다르게 당돌한 태도를 보이는 소니아가 더욱 좋았다.

그러나 오늘만큼은 그것이 매력으로 다가오진 않는 모양이었다.

그는 굳은 얼굴로 소니아를 붙잡았다.

"앉아라, 소니아."

무겁게 가라앉은 메도라스 백작의 목소리에 걸어 나가려던 소니아도 행동을 멈추고 말았다.

마냥 무시하기엔 목소리가 경고를 포함하고 있었다. 아무리 그녀라곤 하나 이런 것까지 무시하고 지나칠 순 없었다.

결국 소니아는 다시 메도라스 백작의 옆에 앉았다.

"잘 들어라, 소니아. 너는 어차피 내 말을 들어야 될 거다. 어쩔 수 없는 일이야. 왜? 내가 마음만 먹으면 그깟 놈 하나 죽이는 것쯤은 일도 아니거든. 그건 너도 잘 알고 있겠지?"

"잘… 알고 있어요."

"그래 너는 똑똑하니까 잘 알아들었겠지. 그럼 우선 술부터 따라라."

무거운 침묵이 흘렀고 소니아는 다시 술잔에 손을 가져갔다.

술 방울이 술잔으로 흘러들어가는 소리가 적나라하게 들렸다.

그녀는 보이지 않도록 살며시 입술을 질끈 깨물었다.

한동안 술자리를 이어가던 메도라스 백작은 날이 저물어서야 자리를 떠났다.

함께 온 일행들도 모두 떠나고 소니아도 조용히 자리에서 일어섰다.

자리를 정리하기 위해 다른 직원들이 안에 들어섰다.

"오늘도 고생하셨어요, 소니아 언니. 많이 피곤하시죠? 사장님이 오늘은 일찍 들어가서 쉬래요."

"어머 정말!? 그 싸가… 아니, 사장님이 그래?"

"네, 정말이에요. 그렇지 않아도 메도라스 백작님을 상대할 수 있는 건 언니밖에 없잖아요. 매번 메도라스 백작

님이 이곳으로 오실 때마다 언니가 이렇게 고생해주시는
데… 해줄 수 있는 게 이것 밖에 없대요."

"아냐. 나는 빠른 퇴근, 이게 정말 좋은걸!! 있잖아 오
늘 가게에 특산품 들어왔다고 하지 않았어?"

"아? 네 맞아요. 아까 손님이 주고 가신거긴 한
데……."

"그거 나도 좀만 가져가도 돼? 조금만이라도 가져가고
싶은데… 아니면 내가 값을 치르고 사갈게!"

"에이~ 아니에요. 언니라면 당연히 가져가도 되죠!"

여인은 은근슬쩍 소니아의 곁으로 다가왔다. 그리곤 소
니아의 옆구리를 쿡쿡 찔렀다.

"애인 가져다주시려고 그러죠?"

"뭐…!? 애…애인은 무슨……."

"호호! 그 정도 지냈으면 애인이죠, 뭐? 다른 사람들은
이미 부부로 알고 있는 사람도 있는 걸요."

"부…부부라니… 아니야……!"

"어머? 말은 그렇게 하시면서 얼굴은 왜 이렇게 빨개져
요?"

"내…내가 뭘……!"

소니아는 황급히 밖으로 나섰다. 그녀가 당황해하니 여
인이 까르르 웃어대었다.

"대체 어떤 남자길래 철옹성 같은 소니아 언니의 마음
을 훔쳤을까요?"

"그런 것 아니라니까……!"

"아니긴요, 뭘… 아, 나도 한 번 보고 싶은데… 그렇지 않아도 그 분이 마을 사람들의 고민거리를 그렇게 잘 해결해준다면서요?"

"나도 잘 몰랐는데 오시는 손님들이 그렇다고 전해주시긴 하더라."

"요즘엔 다른 사람들과 대판 싸우고 해결이 안 되면 그 분을 찾아간대요. 명쾌하게 해결해준다고 하던데요?"

"그 사람이?"

"네! 그리고 자신의 조언이 본인들 마음에 들면 앞에 있는 바구니에 마음에 드는 만큼 돈을 놓고 가달라 말씀하신대요. 물론… 일부 양심 없는 사람들이 해결책만 듣고 돈은 내는 척만 하면서 가는 모양이지만… 그래도 고마운 마음에 돈을 두고 가는 사람들도 많은가 봐요."

"아… 그래서 요즘…….."

소니아는 몰랐던 사실에 홀로 고개를 끄덕였다.

그녀의 반응에 여인이 다시 헤실헤실 웃기 시작했다.

"게다가 엄청 매력 있는 분이시라고 하던데… 은근 후밀리스님을 마음에 품고 있는 여자들도 있다고 하던데요?"

"뭐!? 그게 정말이야!?"

"호호호, 말은 그렇게 해도 이런 것은 신경 쓰이나 보죠? 그래도 걱정 마세요. 제가 아는 한 이곳에서 언니보다 아름다운 여자는 없어요."

"그러면 뭐해… 그 분은 나를 보지 못하는 걸…….."

그녀는 저도 모르게 시무룩한 얼굴을 하고 말았다.

참 아이러니했다. 그녀는 자신의 겉모습만 보고 다가오는 남자들을 좋아하지 않았다.

그들은 그녀의 외면만 보려 할뿐 정작 그녀가 어떤 생각을 하는지, 어떤 말들을 하는 지에는 관심이 없었던 것이다.

그랬기에 자신을 온전히 바라봐주지 않고 외면에만 시선을 뺏기는 그들에게 더더욱 마음을 내어주지 않았다.

그랬는데 정작 후밀리스에게는 자신의 모습을 보여주고 싶었다. 스스로 생각해도 우스운 일이었다.

"아… 맞다, 그랬죠… 근데 정말 후밀리스라는 분은 어떤 사람이에요? 길가에서 처음 만났다면 서요?"

"맞아, 그랬지… 후밀리스는 신기한 사람이야."

"신기한 사람이요?"

여인의 물음에 소니아가 고개를 끄덕였다.

두 사람이 나누는 대화가 흥미로웠는지 주변으로 다른 여인들이 모여들기 시작했다.

"드디어 꼭꼭 감추어둔 그 분에 대해 얘기해주는 거야?"

"소니아의 은밀한 비밀이 풀어지는 거네?"

"깔깔! 이런 재밌는 얘기를 나만 놓칠 순 없지!!"

"그래서? 왜 신기한 사람이야?"

어느새 몰려든 사람들을 보며 소니아가 나직이 한숨을 쉬었다.

이곳에 모인 사람들은 모두 얘기를 듣는 것을 좋아했다. 아마 소니아가 얘기를 해주지 않기라도 한 다면 계속 붙잡고 늘어질지도 몰랐다.

그러니 이럴 땐 빨리 얘기를 해주고 자리를 떠나는 것이 상책이었다.

"사실 별 얘기는 아닌데……."

"뭔데 뭐야?"

"궁금하니까 빨리 얘기해봐!"

"맞아! 질질 끌지 말고……!"

그녀들은 초롱초롱한 눈빛으로 소니아를 바라보았다.

모두의 시선이 집중된 가운데 소니아의 붉은 입술이 다시 입을 열었다.

"처음 그 사람을 만난 것은 바다가 보이는 길바닥 위였어."

"길바닥 위요? 그냥 길바닥?"

"응. 어느 날 답답한 마음에 차가운 길바닥 위에 혼자 주저앉아 있었는데… 옆에 그 사람이 보였거든. 분명 바다를 바라보고 있는 것 같았어."

"그래서요? 그 다음엔?"

"그 다음엔……."

소니아도 당시의 기억을 떠올렸다.

벌써 꽤나 시간이 지난 기억이었지만 지금까지도 그녀에겐 당장 어제 겪은 일처럼 생생한 기억이기도 했다.

후밀리스

후밀리스를 처음 만난 날 그녀는 답답한 마음하고 울적한 마음이 가시질 않아 한참동안이나 바다를 바라보고 있었다.

어렸을 적부터 힘든 일이 있을 때나 마음이 답답할 때는 이렇게 바닷가에 찾아와 출렁이는 물결을 바라보곤 했다.

그렇게 그녀가 바다를 바라보고 있을 때 근처에 보이던 그 사내도 함께 바다를 바라보고 있었다.

그리고 한 번씩 지켜보니 지나가는 사람들이 사내의 앞에 놓아진 바구니에 돈을 얹어주고 갔었다.

'직업이 없는 사람인가…….'

일찍부터 부모를 잃고 어린 남동생까지 챙기며 악착같이 삶을 버텨온 그녀에게 저런 부류의 사람은 그다지 달가워보이진 않는 사람이었다.

그러나 우습게도 곁에서 함께 바다를 바라봐준 것 같은 느낌에 문득 고마운 마음이 들기도 했다.

"나도 웃기네. 저 사람이 뭘 해줬다고… 그냥 곁에 앉아 있었던 것밖에 없는데……."

자조어린 웃음을 머금던 소니아는 서서히 몸을 일으켰다. 벌써 날이 저물었으니 슬슬 집으로 돌아가야 할 시간이었다.

그러나 곁에 있던 사내는 아직까지 움직일 생각이 없어 보였다.

날씨가 추워지고 있음에도 불구 사내는 처음 그대로의 모습으로 바다를 바라보고 있었다.

"설마 돌아갈 집도 없는 거야……?"

문득 사내가 불쌍하게 여겨졌다. 그래서인지 이 날은 평소 하지 않던 행동도 했다.

그녀는 품에 있던 돈들을 꺼내 사내 앞에 놓아진 바구니에게로 가져갔다.

그리고 그때서야 비로소 그녀는 알 수 있었다. 바다를 바라보고 있는 사내의 두 눈이 감겨져 있다는 것을 말이다.

잠을 자고 있는 것이 아니었다.

사내는 바구니에 돈이 놓아지는 소리가 들리자 고개를 숙여보였다.

"눈이……."

그녀는 저도 모르게 사내의 눈에 대해 언급했다. 그러나 이내 말실수를 했음을 깨닫고 황급히 자신의 입을 막았다.

그러건 말건 사내는 다시 바닷가를 향해 고개를 돌렸다.

그때 소니아는 그 사내의 표정을 바라보았다.

바다를 바라보고 있는 그의 표정은 애처롭기까지 할 정도로 처연했다. 그 얼굴이 소니아로 하여금 신경 쓰이게 했다.

마치 그 옛날 자신의 모습을 닮아 있어서 일지도 몰랐다.

부모님을 바다에서 여의고 넋을 놓은 채, 살아갈 희망도 잃은 채 앉아 있던 그날의 자신을 말이다.

그렇게 사내의 얼굴이 그녀의 발목을 붙잡아버렸다.

그녀가 잠시 동안 과거의 기억에 사로잡혀 있을 때 사내가 천천히 입을 열었다.

"배가 고프신 모양이로군요."

사내의 말에 소니아도 그때서야 정신을 차렸다.

알고 보니 그녀의 뱃속에서 허기짐으로 계속된 소리를

내고 있었던 것이다.

뒤늦게 밀려오는 부끄러움에 괜한 헛기침을 해대었다.

그때 사내가 그녀를 향해 무언가를 내밀었다.

사내의 손에 들려진 것을 확인한 소니아가 살며시 고개를 가로저었다.

"아니요, 괜찮아요. 저보다는 당신에게 더 필요할 것 같은걸요."

사내의 손에 들린 것은 작은 빵이었다. 분명 누군가 그에게 건네주고 간 빵일 터였다.

그러나 빵의 상태를 본 소니아가 눈살을 찌푸리고 말았다.

시간이 얼마나 오래 지난 것인지 빵은 본래의 모습을 잃고 상당히 메말라 있었다. 부드러운 식감보다는 딱딱함으로 가득해 보였다.

혹시나 그가 오래된 빵을 자신에게 아무렇지도 않게 건네고 있는 것일까 생각하려던 찰나 사내가 다시 입을 열었다.

"조금 전 어느 여성분께서 제게 주고 간 음식입니다. 비록 차갑게 식긴 했지만 받은 지 얼마 안 되었으니 안심하고 드셔도 될 겁니다."

사내의 말을 듣고 나서야 누군가 앞이 보이질 않는 이 사내에게 오래된 빵을 건네주었다는 것을 알 수 있었다.

세상 못된 사람이라는 생각이 들면서도 이것 또한 사내

의 팔자려니 싶었다.

"정말 괜찮아요. 그리고 당신이 생각하는 것보다 저는 돈도 많이 벌고 있고, 또⋯⋯."

"지금 배고픔을 달랠 음식을 갖고 있으신 겁니까?"

"아⋯ 그건 아니지만⋯⋯."

그녀의 말에 사내는 들고 있던 빵을 두 개로 갈랐다.

그리곤 하나를 자신의 입에 가져가고 다른 하나를 그녀가 있는 쪽으로 건넸다.

"그렇다면 드십시오. 당신이 무엇을 가지고 계시던 어떤 위치에 있으시건⋯ 지금 허기를 달랠 방법은 제가 들고 있는 이 빵밖에 없질 않습니까? 혹시나 먹지 못할 빵이 의심되는 것이라면 안심하고 드셔도 됩니다. 저도 이렇게 함께 먹고 있으니까요."

사내는 딱딱해진 빵을 아무렇지도 않게 씹어 먹었다.

소니아는 멍한 얼굴로 사내와 자신의 손에 쥐어진 빵을 바라보았다.

"근데 이렇게 소중한 것을 주어도 되는 거예요? 보니까⋯⋯."

바구니에는 생각보다 적은 돈이 놓아져 있었다. 기껏해야 한 끼나 제대로 해결할 수 있을까 싶은 정도의 액수였다.

그렇다고 다른 먹을 것이 보이는 것도 아니었다.

"괜찮습니다. 저는 이 정도로 충분하니까요."

"저어… 그런데 한 가지 물어봐도 될까요?"

"물어보십시오."

"왜 바닷가에 계시는 거예요? 여기는 사람들이 많이 지나다니지도 않고… 무엇보다 그… 눈이 보이질 않으시잖아요? 보이지 않는데 마치 바다를 보려는 것처럼…….."

"제 자신을 바라보고 싶진 않지만… 저는 바다의 소리를 듣는 것이 좋습니다. 많은 생각들이 들지 않고 마음이 편안해지거든요. 그리고 이곳에 있으면 마치 세상의 소리에 귀를 기울이는 것 같아 좋습니다. 단지 그뿐입니다."

"아…….."

소니아는 빤히 사내의 옆모습을 바라보았다.

어차피 사내의 눈은 보이지 않으니 이렇게 대놓고 바라봐도 쑥스러울 것 없었다.

그녀는 사내의 얼굴을 찬찬히 살폈다.

그동안 자신이 봐온 사내들에 비하면 잘생기지도 않은 평범한 얼굴이었다. 그러나 지켜보고 있으면 무언가 묘한 느낌이 들었다.

그 신비로운 느낌에 그녀는 마음을 먹은 것이다.

소니아의 얘기를 듣고 있던 여인 한명이 저도 모르게 소리를 지르고 말았다.

"꺄악…!! 그럼 그날 이후로 함께 살게 된 거예요?"

"와… 이 언니 정말 대단하시네… 아무리 그래도 그렇지. 그날 처음 본 사람을 어떻게 집으로 데려와요?"

"미안해요… 나는 그동안 언니가 그렇게 정이 많은 사람인지 몰랐어…….."

"그나저나 의외네… 나는 당연히 잘생긴 분이실줄 알았는데, 얼굴이 평범하다고요? 그럼 너무 아쉽지 않아요…? 가뜩이나 앞도 못 보는 사람인데 얼굴도 평범하고… 그렇다고 능력이 좋은 것도 아냐… 무엇 하러 언니가 그 사람을 데리고 사는지 나는 도무지 이해가 되질 않는데…….."

"나도 처음엔 그게 이해가 안 됐는데… 직접 만나보니까 알겠더라. 형부 되게 괜찮은 사람이야. 그렇지 언니?"

이들 중 유일하게 사내, 후밀리스를 만나본 여인이 찡긋 윙크를 날렸다. 그녀는 이곳에서 유일하게 후밀리스를 만나봤다는 사실에 고개를 한껏 치켜 올렸다.

형부라고 지칭해버리는 그녀를 보며 소니아는 못 말리겠다는 듯 고개를 흔들었다.

어쨌거나 그녀의 얘기를 듣고 난 여인들의 반응은 가히 폭발적이었다. 그녀들은 서로 저마다의 얘기를 해대며 까르르 웃고 있었다.

"근데 그 빵은 정말 괜찮았어요? 설마 그거 먹고 배 아팠던 것은 아니죠?"

"무슨 소리야. 나는 지금까지 그것만큼 맛있는 빵을 먹어보지 못했는걸."

"꺄아아—!!"

"미쳤나봐!!"

"어우… 우리 소니아 언니에게 이런 면이……."

그녀들이 자지러지는 동안 소니아는 슬쩍 자리를 빠져나왔다. 한껏 얘기를 풀어내다보니 벌써 시간이 많이 지나버린 탓이다.

"많이 배고파하겠는 걸? 서둘러 가야겠어."

그녀는 양손 가득 든 음식들을 보며 흐뭇함에 미소가 절로 새어나왔다.

소니아는 걸음을 재촉하여 집으로 향했다.

그녀의 집 앞에는 몇몇 사람들이 서 있었다.

그들은 웅성거리는 소리와 함께 소니아의 집 쪽을 바라보고 있었다.

무언가 이상함을 느낀 소니아가 더욱 빠르게 움직였다. 멀리서 다가오는 그녀를 알아본 사람들이 손짓했다.

"소니아! 서둘러 와보라고!!"

"무슨 일이신데 이렇게 몰려 계시는 거예요?"

"아니… 그게 저길 좀 봐봐……."

중년인의 손짓에 소니아가 집안으로 시선을 돌렸다.

문은 휑하니 열어져 있었고 집 안의 물건들은 어지러이 널브러져 있었다.

심지어 그녀의 동생 뷰렉스는 피를 흘린 채로 바닥에 쓰러져 있었다.

그 옆에선 우락부락하게 생긴 사내가 후밀리스의 멱살을 쥐어 잡고 있었다.

"너 이 새끼야! 지금 뭐라고 했어!?"

"죄송하지만… 당신에게는 조언을 해드릴 수 없습니다."

"이 장님 새끼가 지금!! 시건방 떠는 거야 뭐야!? 조금 유명해졌다고 유세떠는 거야!?!?"

"그게 아닙니다. 개인적인 사정으로…….."

"닥쳐!!"

파악!!

사내의 두터운 주먹이 그대로 후밀리스의 얼굴을 가격했다.

후밀리스는 신음 한번 흘리지 않고 다시 사내 쪽을 향해 고개를 돌렸다.

"어쭈?!"

"우리 형 때리지 마!!"

다시 몸을 일으킨 뷰렉스가 사내를 향해 달려들었다.

그러나 사내는 가볍게 손을 휘저어 뷰렉스를 단숨에 제압해 버렸다. 뷰렉스는 어떻게든 사내의 손아귀에서 빠져나가보려 했으나 역부족이었다.

"우습구나, 우스워. 뭐 상관없다! 애초에 네놈들 따위에게 도움을 받으려는 생각은 없었으니까. 애초에 내 목적은 네놈들에게 경고를 전하러 온 거다."

"경고는 무슨…! 너 따위 놈이 우리에게 무슨 경고를……!!"

퍼억!!

거친 주먹이 뷰렉스의 얼굴을 때렸다.

사내, 로만슨이 조소를 지으며 뷰렉스와 후밀리스를 나란히 쳐다보았다.

"미리 말해두는데 이런 허가받지 않은 장사를 하지 말아라."

"허가 받지 않은 일…!? 웃기지마 이 새꺄! 우리는 여기서 장사를 하는 것이 아니고 마을 사람들한테 도움을 준 것 뿐이라고!! 그리고 도움을 받은 마을 사람들이 감사의 인사로 우리들에게 그저 보답을 해준 것뿐이야! 그렇지 않아요!?"

뷰렉스가 바깥의 마을 사람들을 쳐다보며 외쳤다.

그러나 그들 누구도 뷰렉스의 말에 선뜻 동의하고 나서지 않았다. 마을 사람들은 로만슨과 로만슨의 동료들의 눈치를 살피고 있었다.

로만슨은 이곳에서도 악명이 자자한 해적이었다. 그런 로만슨의 기분을 함부로 거슬렀다간 목이 두 개라도 남아나질 않을 터였다.

이 같은 분위기를 파악한 뷰렉스가 두 눈을 부릅떴다.

"아닌가 본데? 크흐흐… 그리고 너. 아직 핏덩이라 그런가, 겁 대가리 없이 눈깔을 곱게 뜰 줄을 모르는 모양인데…….."

로만슨이 뷰렉스의 얼굴에 다시 손을 가져가려 했다. 그때 후밀리스가 그를 붙잡으며 고개를 숙였다.

"죄송합니다. 다시는 이런 일을 벌이지 않을 테니, 한 번만 봐주십시오."

"호오… 그래도 대가리가 좀 굵었다고 처신 하나는 잘 하는구나. 그래, 그래야지. 앞이 보이질 않아서 그런지 사람 대하는 법을 좀 터득했나보지? 큭큭…! 그렇지 않으면 제 밥값도 못하고 살았을 것 아니냐! 나 참… 다 큰 사내새끼가 여자한테 밥 빌어먹고 사는 꼬라지라니…….."

"나도 사람 대하는 법이라면 좀 아는데 가르쳐줄까?"

그때 로만슨에게로 성큼성큼 다가온 소니아가 대뜸 사내의 뺨을 후려갈겼다.

짜악—!

크고 앙칼진 소리가 울려 퍼졌다.

그녀의 대범한 행동에 모두가 입을 벌리고 말았다.

로만슨이 누구인가!

이곳에서 마음껏 활대를 치고 다닐 만큼 규모 있는 해적단을 이끌고 있는 사내가 바로 로만슨이었다.

그런데 그런 로만슨에게 거침없이 따귀를 날리다니…….

지켜보던 마을 사람들 모두가 하얗게 질린 얼굴을 하고 있었다.

순간적으로 로만슨의 분노가 자신들에게까지 미치는 것은 아닐지 걱정한 이들도 있었다.

"누…누나?? 언제 왔어?"

"일어나, 대체 이게 무슨 꼴이야. 당신도 그만 고개 숙이고 일어나요."

소니아는 뷰렉스를 부축해주었다.

로만슨의 부하들이 당장이라도 소니아를 죽일 것처럼 다가왔다. 그러나 손을 내젓는 로만슨의 행동에 움직임을 멈추고 말았다.

"쯧, 손이 맵구만."

로만슨이 자신의 뺨을 매만지며 소니아를 내려다보았다. 말로 전해 듣긴 했지만 정말 아름다운 모습이었다.

"쩝… 아쉽게 되었군."

그는 입맛을 다시며 몸을 돌렸다.

이에 그의 수하들이 고개를 갸웃거렸다.

"형님. 저 년을 그냥 두실 생각이십니까?"

"에이 말도 안 됩니다! 게다가 얼굴도 저 정도면 최상급 아닙니까!? 당장 잡아다가 팔아버려도…….."

"쓸데없는 소리마라. 오늘은 이만 돌아간다."

수하들의 말을 일축한 로만슨이 고개를 돌려 소니아와 후밀리스, 뷰렉스를 바라보았다.

"운이 좋구나, 너희들. 그러나… 내 뺨을 때린 것은 결코 가볍지 않다. 그러니 피해보상으로 돈을 준비해둬라."

"네놈들 따위에게 건네줄 돈은 없어."

"크하하! 괜찮아 돈을 주지 않아도 상관없다. 그러나 이것 한 가지는 명심해둬라. 네년이 돈을 준비하지 않으면 저기 있는 둘 중 하나는 분명 죽게 될 거다. 우리 손에 말이야."

"웃기는 소리 마."

"큭큭. 정말인지 아닌지는 두고 보면 알겠지. 가자!"

로만슨이 크게 외치자 그의 수하들도 그를 따라 함께 물러갔다.

마침내 해적들이 모두 떠나자 눈치 보던 마을 사람들이 안으로 들어섰다. 그들은 소니아와 후밀리스, 뷰렉스에게 미안한 기색을 보이고 있었다.

"아무 도움도 못되어서 정말 미안하게 되었구만… 하지만 우리도 어쩔 수 없었네… 괜히 함부로 나섰다간 우리들의 목숨도……."

"큭… 모두 나가주십시오. 미안하지만 여러분들의 얼굴을 보고 있을 기분이 아닙니다."

뷰렉스의 일침에 마을 사람들도 한 명 한 명 자리를 벗어나기 시작했다.

"저들은 아무 죄가 없는데 왜 저들에게 화를 내는 거냐."

"이런 상황을 모두 보고만 있었잖아!? 난 그게 화가 난 다고…! 게다가 저 사람들의 시선! 불쌍함과 안타까움이 공존해 있지만… 한 편으로는 우리를 비웃는……!!"

분에 못이긴 뷰렉스가 주먹으로 땅을 한 대 치더니 그 대로 자리를 떠나버렸다.

"뷰렉스! 어디 가는 거야!?"

"몰라! 그냥 기분전환이나 하고 올 테니까 나 찾지 마!"

"놔두십시오."

"그렇지만 후밀리스……."

"아직 혈기왕성할 때잖아요. 그래도 제 딴에 이성을 찾 기 위해 노력하는 것 같으니 이럴 땐 그냥 지켜봐주는 것 이 좋을 것 같습니다."

"알겠어요. 그나저나 몰골이 이게 뭐에요……."

소니아가 후밀리스의 상처들을 돌봐주는 동안 두 사람 을 지켜보는 또 다른 시선이 있었다.

〈다음 권에 계속〉